EUROPAVERLAG

NICOLE WEIS

ROMAN

ELBE 511

EUROPAVERLAG

Um die Persönlichkeitsrechte der Personen in diesem Buch zu schützen, wurden die Namen aller, die nicht zum engsten Familienkreis der Autorin gehören, geändert.

© 2022 Europa Verlag in Europa Verlage GmbH, München
Umschlaggestaltung: Hauptmann & Kompanie Werbeagentur, Zürich, unter Verwendung eines Fotos von © Nicole Weis
Lektorat: Silwen Randebrock
Layout & Satz: Robert Gigler, München
Gesetzt aus der Minion Pro und der Infista
Druck & Bindung: Pustet, Regensburg
ISBN: 978-3-95890-450-7
www.europa-verlag.com

Das Geheimnis des Glücks ist Freiheit;
das Geheimnis der Freiheit aber ist der Mut.

Perikles (490–429 v. Chr.),
athenischer Geschichtsschreiber und Politiker

FÜR MEINEN VATER

Mein Vater wollte nicht viel über die Untersuchungshaft und über Bautzen reden, was in Ordnung war, weil er es zwar nicht vergessen hatte, aber weil es schon seit Langem nicht mehr zu seinem Leben gehörte.

Weil es aber zu seinem Leben gehörte, bevor er mit mir darüber sprechen konnte, spreche ich nun darüber, weil es durch ihn auch zu meinem Leben gehört.

Eines kommt noch erschwerend hinzu: Ich war so wie er noch nie gut darin, Worte einfach totzuschweigen.

Und ich weiß auch, er lässt mich beim Schreiben nicht allein.

INHALT

CHRONOLOGIE

19.5.1959   Verlassen der sowjetischen Besatzungszone
            in Berlin
12.2.1960   Wiedereinreise über Berlin
13.2.1960   Ankunft Alt Jabel
16.2.1960   Rückkehrerlager Pritzier
17.3.1960   1. Vernehmung seines Freundes
21.3.1960   Verhaftung
22.3.1960   Überführung von MfS, BV Schwerin nach MfS
            Hauptabt. IX/6, Haftanstalt II Berlin-Lichten-
            berg
29.6.1960   Überführung von UHA Berlin-Lichtenberg
            zur UHA Neustrelitz, Verhandlung in
            Neubrandenburg
30.8.1960   Verurteilung durch das Bezirksgericht
            Neubrandenburg wegen Spionage zu einer
            Zuchthausstrafe von 4 Jahren
30.9.1960   Überführung von UHA Neustrelitz nach UHA
            Lichtenberg
14.10.1960 Überführung nach Bautzen
20.12.1963 vorzeitige Haftentlassung
18.10.1964 Flucht von Rüterberg über die Elbe nach
            Landsatz

STEINMAUERN

Fast vier Jahre lang schaute Wolfgang auf Mauern aus Stein oder Beton. Es waren sehr alte Mauern. Die Steinmauern gehörten zur Haftanstalt II des Ministeriums für Staatssicherheit in Ost-Berlin und später zur Untersuchungshaftanstalt Neustrelitz. Die Betonmauern gehörten zur Strafvollzugsanstalt Bautzen I.

Die Zeit hatte Spuren auf den Steinen im Untersuchungsgefängnis hinterlassen. Die ersten Monate zählte Wolfgang die Steine in seiner fensterlosen Zelle von links nach rechts, eine Reihe nach der anderen. Er kam auf insgesamt 1371 Stück.

Da das Zählen nach einiger Zeit langweilig wurde, schaute sich Wolfgang irgendwann jeden Mauerstein genauer an. Er versuchte, die Farben und Oberflächen zu unterscheiden. Er versuchte, das Besondere, das man in jedem einzelnen Stein sehen konnte, zu identifizieren. So wie jeder Mensch ja auch etwas Besonderes ist, was man vielleicht nicht immer sieht, wenn man nicht genauer hinschaut.

Wolfgang hatte Zeit, genauer hinzuschauen. Er stellte sich jeden Stein mit seiner eigenen Geschichte vor. Die Risse und kleinen Vertiefungen untersuchte er mit seinen Fingerspitzen. Er machte die Augen zu. Er wusste nicht, was sich rauer anfühlte, seine Finger oder die Mauersteine. Fest stand, dass seine Hände wärmer waren als die Mauersteine. *Dann kann es noch nicht so schlimm sein,* dachte er und holte die Zettel und den Bleistiftstummel hervor, die sie ihm nach langem Bitten und weil er sich schließlich schuldig bekannt hatte, gegeben hatten. *Wir sind ja keine Unmenschen,* hatten sie gesagt. Womit sie aus ihrer Perspektive vermutlich recht hatten. Wolfgang sah das anders.

Während er seine ersten Gedichte schrieb, dachte er: *Vielleicht ist es gar nicht so wichtig, den Himmel zu sehen.*

Ein Stein hatte es Wolfgang besonders angetan. Man sah ihn nicht gleich, weil er mit einer Ecke abschloss und Wolfgang sich hinlegen musste, um ihn genauer betrachten zu können. Er hatte nicht dieselbe Farbe wie die anderen Steine. Vielleicht war das der Grund, warum er aufmerksamer hinsah. Der Stein schimmerte ein bisschen grünlich. Zumindest hatte er grüne Einschlüsse, die abhängig von den Lichtverhältnissen fast azurblau leuchteten.

Für Wolfgang war dieser Stein wie ein Versprechen der Natur. Ein Versprechen, dass er hier wieder herauskommen und sich ins knietiefe Gras legen würde, um den Wind und den Regen auf seiner Haut zu spüren. Je länger er darüber nachdachte, desto mehr kam er darauf, dass er dies neben seiner Mutter am meisten vermisste. Die Natur, den Wind, den Regen, den Geruch von frisch geschnittenem Gras, das Zwitschern der Vögel früh am Morgen und das nächtliche Froschkonzert, das er eigentlich hasste, aber sich nun danach sehnte, in diesem Kellerloch aus Steinen.

Heute nennt man so etwas Mikroerfahrung. Für ihn war es etwas, worauf er sich konzentrieren konnte, wenn sie ihn in Ruhe ließen. Und da es nicht oft vorkam, dass sie ihn in Ruhe ließen, teilte er sich seine Zeit gut ein. Erst musste er schlafen. Und wenn er nicht schlafen konnte oder durfte, robbte er zu dem Stein in der Ecke und ließ die Gedanken und Erinnerungen fließen.

Er war dann wieder in dem kleinen Dorf in Schlesien, in dem er zu Beginn des Zweiten Weltkrieges geboren wurde. An seinen Vater hatte er kaum eine Erinnerung. Er ging als Soldat in den Krieg nach Russland und kam nie wieder. Einmal saß er bei ihm auf dem Schoß und spielte ein Fingerspiel. Wolfgangs Mutter Meta flüchtete nach Kriegsende mit ihren fünf Söhnen und der gerade erst ein paar Monate alten Tochter vor den Russen in den Westen in ein kleines Dorf, an dem es damals noch einen Bahnhof gab. Sie nahm an, dass sie in der britischen Besatzungszone ausgestiegen waren. Wenig später jedoch wurde die Grenzlinie an die Elbe verlegt, sodass ihre Flucht in den Westen genau genommen ein Ankommen im Osten wurde. Bevor sie es erfuhr, war es schon zu spät. Und so kam Wolfgang als Sechsjähriger in der sowjetischen Besatzungszone an, obwohl seine Mutter eigentlich in die Westzone wollte. Sie waren angekommen, wo es später nicht mehr weiterging.

Der Krieg war endlich vorbei, die Armut und Entbehrung noch lange nicht. Sie wohnten nun südöstlich von Hamburg am 505. Streckenkilometer der Elbe in der »Griesen Gegend«, da wo sich auch heute noch Fuchs und Hase Gute Nacht sagen.

Genau genommen wohnten sie weit hinten, in der griesesten Ecke von der Griesen Gegend, da, wo es nicht mehr weitergeht, weil nördlich davon ein Militärsperrgebiet liegt.

Als Wolfgangs Mutter Meta mit ihren sechs Kindern vom Bahnhof zum Dorfzentrum lief, liefen sie auf dem Sandboden, dem die Griese Gegend ihren Namen verdankt. Im Plattdeutschen bedeutet »griese« arm und kärglich und beschreibt die aschgraue-gelbliche Farbe des nährstoffarmen Bodens, den der Regen über die Jahrhunderte hinweg ausgewaschen hat und auf dem wenig wächst außer Kiefern, Pilzen und Heidekraut.

Die Griese Gegend fängt überall dort an, wo der gute Boden aufhört, sagte der Volksmund. Denn auf dem leichten Sandboden waren die Erträge gering und die Bewohner außer ein paar Bauern immer schon arm. Dennoch oder vielleicht gerade deswegen galten die Bewohner der Griesen Gegend als ruhig und gelassen. Sie redeten nicht viel. Sie redeten nur, wenn sie wollten. *Das meiste ergibt sich doch von selbst,* dachten sie, aber sie sagten es nicht. Der Dichter Johannes Gillhoff hat die Mentalität einmal so beschrieben: *Langsam im Denken, Reden und Handeln, erwarten sie nichts vom Augenblick, halten aber zäh an dem fest, was sie sich einmal vorgenommen haben.*

Wolfgangs Mutter hatte sich auch etwas vorgenommen. Sie fragte den Ortsvorsteher, ob er Platz für ihre Familie hat. *Wir hebben hier kien Platz för so vööl lütte Kinner,* war seine unfreundliche Antwort.

Der Ortsvorsteher schickte sie zur Kirche von Alt Jabel, deren Pfarrer schon damals für eine der weitläufigsten Kirchengemeinden zuständig war. Vor der Kirche standen sie direkt in der Nähe des Wendenwalls, dem Überrest einer slawischen Verteidigungsanlage. Von hier aus konnten die Slawen die Südseite von Jabel, das übersetzt Apfelbaum bedeutet, gut einsehen. Im Osten bildeten die Moore von Hohenwoos und Tewswoos einen natürlichen Schutzwall, während im Westen der Kiefernwald und im Norden die Heide und ab dem Zweiten Weltkrieg ein Militärsperrgebiet das Dorf begrenzten.

Beim Pastor der Gemeinde hatte Meta mehr Glück. Der Förster war ein guter Freund von ihm. Und im Wald gab es mehr als genug Arbeit für eine siebenköpfige Familie. Und so bekamen sie zwei Zimmer in einem Haus gegenüber dem Forsthaus zugewiesen. Eine Mutter mit sechs Kindern, die noch einmal von vorne anfangen musste. In den Augen der »Griesen« waren sie nur Flüchtlinge, die noch ärmer waren als sie.

Fast sieben Monate lang sah Wolfgang in den Untersuchungsgefängnissen nur zwei Wärter und den Vernehmer. Der Vernehmer war sowohl in Berlin als auch später in Neustrelitz immer derselbe und hatte eine auffällige Hakennase und gelbe Finger vom Rauchen.

An der Tür und am Fenster standen der Wärter, der ihn abgeholt hatte, und ein anderer Uniformierter. Im Verlauf der Verhöre befand sich nur noch der Wärter mit seinem übergroßen Schlüsselbund an der Tür.

Was denken Sie, warum Sie hier sind? Wolfgangs Gegenfrage, *Wo bin ich denn hier?*, wurde von dem Wärter mit einem unsanften Schlag auf den Hinterkopf quittiert. Der Vernehmer am Tisch vor ihm ging noch weiter. Er schlug ihm mit seiner Faust aufs Ohr und brüllte: *Sie Verbrecher, Sie Spion, Sie Schwein.* Wolfgang sah noch seinen Kragen mit der weinroten Paspel, der Erkennungsfarbe des Staatssicherheitsdienstes, bevor sein Oberkörper auf die Tischkante fiel. Kollabieren durfte er auch nicht. Dafür sorgte erneut der Wärter hinter ihm, der ihn an den Haaren wieder nach oben zog.

Von beiden wurde Wolfgang gemustert wie ein gefangen gehaltenes Tier. Für ihn wiederum waren sie Menschen, die sich gehäutet und eine Uniform übergezogen hatten. Wolfgang starrte durch sie hindurch und versuchte sein Zittern zu verbergen. Sie lauerten auf eine Antwort von ihm. Mit Augen, deren Pupillen vor lauter Unmenschlichkeit erweitert waren. Mit Mündern, aus denen Armseligkeit und Überlegenheit triefte. Eine Mischung, die eine Droge sein konnte und nach der sie sich sehnten, wenn sie anfingen, schon im Schlaf ihre Mitmenschen zu quälen.

Sie durchschauten Wolfgang, aber er durchschaute auch sie, und schließlich erhob er sich vor ihnen, obwohl er sitzen blieb. Sie merkten es nicht. Nur er spürte den Sieg in seiner Niederlage, der sein ganzes Herz ausfüllte, auch wenn es auf dem Blatt Papier nicht mehr schlug.

Während er still und stolz auf dem Stuhl im Vernehmungszimmer saß und es für den Vernehmer so aussah, als hätte er sich ergeben, wiederholte er in Gedanken immer wieder die eine Strophe eines Volksliedes, die auch Jahre später ein stiller Begleiter für ihn war:

Und sperrt man mich ein
im finsteren Kerker,
das alles sind rein
vergebliche Werke;
denn meine Gedanken
zerreißen die Schranken
und Mauern entzwei,
die Gedanken sind frei.

Ein Rechtsanwalt kam in den ersten Monaten nie. Das wurde ihm gleich am ersten Tag der Verhöre klargemacht, als er danach fragte und ihm der Vernehmer aus Absicht den noch heißen Kaffee über die Finger kippte. *Oh, tut mir leid. Aber Ansprüche hat hier keiner.* Es war weder der Inhalt des Gesagten noch der heiße Kaffee, der Wolfgang erschreckte, sondern diese seltsame Mischung aus Höflichkeit und Sadismus in seiner Stimme. Der Gesichtsausdruck des Vernehmers verzerrte sich zu einem breiten Grinsen, als er genüsslich diese Worte zischte. Wolfgang dachte nur: *Das ist ihr wahres Gesicht.*

Die, die ihr mich hasst, ihr werdet sehen,
dass ich euch liebe, weil ihr so gut hassen könnt.
Hassen muss doch eine Wonne sein,
nicht denken, nur voreingenommen sein,
bei manchen Menschen ihr einziges Ideal.
(von Wolfgang, wahrscheinlich 1964/65)

Wolfgang besaß nun nichts mehr, noch nicht einmal eine Uhr, sodass er in der fensterlosen Zelle, in der permanent das Licht brannte, auch nicht wusste, wie spät es war. Wann ein neuer Tag begann, wusste er auch nicht. Anfangs konnte er es noch erahnen, da er schon immer frühmorgens sehr regelmäßigen Stuhlgang hatte. Aber aufgrund des wenigen Essens und Trinkens, das immer aus Wasser und Schwarzbrot bestand, versagte allmählich auch diese einzige noch erhalten gebliebene biologische Uhr.

In der Zelle gab es nur eine Holzpritsche, einen Eimer mit Deckel und einen weißen Strich auf dem Fußboden. Der Eimer roch stark nach Desinfektionsmittel und war als Toilette gedacht. Es gab ein Blatt Toilettenpapier am Tag, und zum Waschen bekam er morgens einen zweiten Eimer mit Wasser.

Die erste Zeit durfte er sich nicht auf die Pritsche legen. Das überwachte der Wärter durch die Türklappe. Anfangs kam der Wärter alle fünf bis zehn Minuten, später jede halbe Stunde vorbei und kontrollierte seine Position. Erst nachdem er sich schuldig bekannt hatte, durfte er sich zu bestimmten Zeiten auf die Pritsche legen, aber auch nur dann, wenn sie von den Wärtern heruntergeklappt wurde.

Wenn die Wärter die Zellentür öffneten, musste Wolfgang mit dem Gesicht zur hinteren Wand treten. Erst wenn er angesprochen wurde, durfte er sich umdrehen. Wie der Vernehmer sprachen ihn die Wärter nur noch mit einer Nummer und nicht mit seinem Namen an.

Wolfgang besaß nichts mehr, außer seines unversehrten Herzens und seiner Würde. Aber auch die Würde war mit der Zeit ziemlich ramponiert. Denn Wolfgang stand in einer Zelle, die weder Fenster noch Möbel hatte. Der verbotene Kontakt nach draußen, die Verhöre, das ständige Licht, die peniblen Kontrollen, der fehlende Tag- und Nachtrhythmus, die Drohungen, der Schlaf- und Essensentzug waren schwer zu ertragen. Wenn es ganz schlimm wurde, war auch Dunkelhaft oder Fesselung drin. Sieben Monate lang schweigen, die Einsamkeit herunterschlucken, schließlich mit Wänden sprechen, seine innere Stimme verlieren.

Eine Liegeerlaubnis für den Tag darf nur der Haftarzt erteilen, besagte die Haftordnung. Schlafen dürfen Sie dann, wenn Sie uns alles erzählt haben, sagte der Vernehmer.

Als die Verhöre immer anstrengender wurden, fing Wolfgang an zu schwitzen, sobald er das Klirren der Zellenschlüssel hörte. Wenn sie ihm durch die Klappe nur seine Scheibe Brot reichten, war er erleichtert, aber auch schockiert, dass es so viele verschiedene Spielarten der Grausamkeit gab.

Die Stille war für Wolfgang das Schlimmste. Die Stille und die Isolation waren Absicht. Denn dadurch wurde seine Sehnsucht nach zwischenmenschlichem Kontakt nahezu unerträglich. Manchmal war der Augenkontakt über die Klappe tagelang die einzige Verbindung zu einem menschlichen Lebewesen. Oft sah er nur die Pupille. Und so war Wolfgang fast ein wenig froh, wenn er endlich zum Verhör gebracht wurde.

Die anderen Häftlinge sah er nie. Immer wenn er zum Verhör abgeholt wurde, ging er durch Flure, an deren Wänden rote Leuchten angebracht waren, die wie Ampeln aufblinkten und einen irrsinnigen Krach machten. Dadurch begegnete er auch auf den Gängen nie einem anderen Häftling. Manchmal hörte er sie jedoch durch die Mauern. Sie gaben sich gegenseitig Klopfzeichen, die Wolfgang nicht erwiderte. Nicht weil es verboten war, sondern weil er schon genug mit seinem eigenen Pulsschlag beschäftigt war, der in seinen Ohren anschwoll wie Trommelschläge.

Schon bei seiner Ankunft, als er sich nackt ausziehen musste, glaubte er nicht, dass es so ein Verhalten wirklich gibt. *Ausziehen,* schrien sie ihn an, als er in seiner Unterhose vor ihnen stand. Und weil er nicht reagierte, traten sie ihm in die Kniekehlen, und sie lachten, als er der Länge nach hinflog.

Wolfgang merkte erst spät, dass es besser war, sich anzupassen und sich wegzuducken. Am Anfang der Untersuchungshaft war er noch naiv und gab sich dem jugendlichen Glauben hin, dass es schon nicht so schlimm werden würde, was ihn manchmal dazu verleitete, seinem Vernehmer Gegenfragen zu stellen.

Als er seinen Vernehmer fragte, wann er endlich wieder rauskäme, lachte der nur und sagte: *Vielleicht in fünfzehn Jahren.* In diesem Moment lief Wolfgang ein kalter Schauer über den Rücken, denn er begriff, dass er seine besten Jahre im Gefängnis verbringen würde. Er war Anfang zwanzig und vollkommen unpolitisch. Er hatte nur den Wunsch nach Freiheit und Wahlmöglichkeiten, die es in der DDR nicht gab. Und da er in Armut aufgewachsen war, hatte er auch den Wunsch nach einem besseren Leben. Es war keine große Sache, sondern ein Traum, den viele junge Männer in seinem Alter träumten, zu allen Zeiten und auf allen Kontinenten.

Außer dass er Gedichte schrieb, fand er, dass er sich nicht von anderen unterschied, auch wenn das seine Geschwister immer zu ihm gesagt hatten. Dabei war er eigentlich nie wie die anderen gewesen. Er schrieb nicht nur Gedichte, sondern war auch der am besten gekleidete Mann in der Griesen Gegend östlich der Elbe. Es war ihm wichtig, gut angezogen zu sein, und er gab sein Geld nicht für Zigaretten und Alkohol aus, sondern für gute Kleidung.

Nach der Arbeit lief er nicht im Blaumann oder in den griesen Arbeitsklamotten herum, sondern er zog sich noch auf der Arbeit um. Und so lief er im Anzug mit Krawatte die unbefestigten Sandwege im Dorf entlang, wenn er von seiner Arbeit als Traktorfahrer und später als Fahrer bei der Volkspolizei nach Hause kam. Auf einem Foto liefen zwei Hühner hinter ihm her. Und es sah so aus, als wenn sie einem Hahn hinterherstolzierten.

Sein Bruder Hermann lief auch immer hinter ihm her, besonders wenn er für ihn im Haus seine neuen Schuhe einlaufen durfte. Nur im Haus, draußen durfte er nicht mit ihnen gehen.

Und Hermann, der nun ein schlechtes Gewissen hatte, weil er während Wolfgangs Haftstrafe dessen Schuhe trug, musste nach seiner Verhaftung nun immer öfter an ihn denken. Er liebte seinen Bruder mehr als jeden anderen Menschen im Dorf. Denn im Gegensatz zu vielen anderen in der Griesen Gegend war er nie feige, sondern immer bestechend ehrlich gewesen und schon allein deswegen, nicht nur wegen seiner Kleidung, etwas ganz Besonderes für ihn.

Hermann schrieb jetzt Briefe an die Volkspolizei, warum sie immer noch nichts von seinem Bruder gehört hatten. Und er korrigierte seiner Mutter die Briefe, die sie später an die Behörden als Gnadengesuch schrieb. Sie mache sich Vorwürfe, schrieb sie. Denn schließlich sei sie ja an allem schuld.

Seit man mir die Freiheit hat genommen
Hab ich's Lachen ganz verlernt
Seit ich sie verloren hab
Schafft ich auch das Weinen ab
Fast vor Weh das Herz mir bricht
Aber weinen kann ich nicht
(von Wolfgang, Bautzen im Juli 1963)

DER GEFRIERSCHRANK
DER HERZEN

Wolfgangs Herz lag in einem Gefrierschrank, zusammen mit denen der anderen Häftlinge. Er stellte sich vor, wie sie sortiert nebeneinanderlagen. Jedes Herz hatte eine Nummer. Die Nummer, die jedem am Anfang der Untersuchungshaft zugeteilt worden war. Sein Herz mit der Nummer 392 lag in der Mitte ganz vorne im Gefrierschrank. Wie die anderen pulsierte es noch unter einer Schicht aus dünnem Eis. Es schimmerte leicht rosa. Die Blutgefäße verästelten sich, und es schien, als ob die Venen und Arterien auch eine Verbindung zu den anderen Herzen im Gefrierschrank hatten. Das Blut strömte eiskalt durch alle hindurch. Auch wenn sie ihm seinen Willen herausreißen und brechen konnten. Mit seinem Herzen schafften sie es nicht, sosehr sie sich auch bemühten.

Wenn es besonders schlimm war, stellte sich Wolfgang sein Herz im Gefrierschrank vor und wie unversehrt es war. Diese Vorstellung, dass es für die kommenden Jahre tiefgefroren dort lag, beruhigte ihn. Er wusste, dass er es wieder auftauen konnte, wenn die Zeit gekommen war. Er hatte noch keine Vorstellung, wann das sein würde. Ob in wenigen Jahren, einer halben Ewigkeit oder in einer Zeitspanne, die nur ein lächerlicher Bruchteil seines Lebens sein würde.

Letztendlich wusste er nichts von diesem Staat und traute dessen Dienern nun doch alles zu. Die Schläge und Misshandlungen hallten noch lange nach, auch wenn sie nicht bis zu seinem Herzen vorgedrungen waren. Wolfgangs Körper war es, der stellvertretend alles Leid in sich aufnahm und einsaugte.

Nach den ersten Verhören konnte er noch stundenlang auf der weißen Linie stehen bleiben, ohne einzuschlafen. Später täuschte er die Wachheit nur vor, wenn im halbstündigen Rhythmus der Wärter an seiner Zelle vorbeikam. Er war dann eine Katze, die mit nur einer Gehirnhälfte schlief.

Irgendwann schaffte er auch das nicht mehr. Von einem Moment auf den anderen klappte er wie ein Taschenmesser in sich zusammen und blieb, ohne sich abzufangen, auf dem Boden liegen. Wenn er Glück hatte, konnte er eine halbe Stunde schlafen. Spätestens dann brüllte ihn der Wärter von draußen an: *392, aufstehen!* Und wenn Wolfgang nicht reagierte, schloss er die Zelle auf, kam herein und richtete ihn mit einem Schlag auf den Rücken wieder auf.

Warum kamen Sie in die Deutsche Demokratische Republik?
Ich kam zurück, um für immer hierzubleiben und wieder zu meiner Mutter zurückzukehren.
Ihre Aussagen sind unglaubwürdig. Sagen Sie wahrheitsgetreu über die Gründe Ihrer Fahrt in die Deutsche Demokratische Republik aus!
Ich verfolgte kein anderes Ziel mit meiner Rückkehr, als zu meinen Angehörigen zurückzukehren.
Ihre Aussagen sind erlogen.

Es kam die Zeit, als der Schlafmangel zu groß wurde. Erst war es nur ein Zusammenzucken bei jedem kleinsten Geräusch. Dann war es ein leichtes Zittern in den Fingern, das sich schließlich in seinem ganzen Körper manifestierte. Er versuchte sich dagegen zu wehren, sich dagegen zu stemmen mit jeder Faser seines Körpers, um nicht das sagen zu müssen, was sie hören wollten. Dass er ein verdammter Spion war. Vom Westen angeheuert, um dem Arbeiter- und Bauernstaat zu schaden. Schließlich bekannte er sich schuldig, obwohl er es nicht war und sich alles in ihm sträubte.

Wiederholen!
Ja, ich habe die Grenze ungesetzlich übertreten.
Und weiter!
Ich bekenne mich schuldig.
Sie sind ein Spion.
Ich bin kein Spion.
Sie haben hier nicht zu widersprechen.
(Wolfgang schweigt)
Es liegt an Ihnen, ob Sie mit uns zusammenarbeiten.
Verurteilt werden Sie so oder so.

Dabei war Wolfgang am 19. Mai 1959 mit seinem Freund Edgar lediglich aus Abenteuerlust und dem Wunsch nach einem besseren Leben über die offene Grenze nach West-Berlin gegangen und nicht wieder zurückgekehrt. Beide hatten keine besonderen Vorbereitungen hierfür getroffen, sondern fuhren zuerst mit dem Zug und dann mit der S-Bahn einfach nach West-Berlin. Seinem Freund, der kein Geld hatte, bezahlte er die Flucht und die Bahnfahrt. Das Geld hierfür, insgesamt 600 Ostmark, hob er von seinem Sparkonto ab. In West-Berlin gingen sie zusammen ins Notaufnahmelager der amerikanischen Zone. Schließlich blieb Wolfgang eine knappe Woche bei seiner Tante in West-Berlin, bevor er ins Flugzeug steigen durfte und die erste Zeit bei einem Onkel im Schwarzwald wohnte. So einfach war das damals, als die Mauer noch nicht gebaut war.

Und da Heimat dort ist, wo man aufgewachsen ist, kam Wolfgang wieder nach Alt Jabel zurück. In Lorch hatte er bereits eine Arbeitsstelle, aber seine Mutter schrieb ihm Briefe. Wolfgang war Anfang zwanzig und bekam nach dem ersten Weihnachten fernab von zu Hause unerträgliches Heimweh. *Komm doch wieder nach Hause,* schrieb sie. Und immer wieder: *Dir passiert schon nichts. Ich vermisse Dich, mein Jung.*

Wolfgang war einer der wenigen Menschen, die aus der DDR in den Westen gegangen und dann wieder zurückgekehrt waren. Er war jung, und er hatte wirklich geglaubt, es würde ihm schon nichts passieren.

Nachdem sie den Bus direkt vor dem Ortsschild angehalten und Wolfgang herausgezerrt hatten, rissen sie seine Hände nach hinten und legten ihm Handschellen an: *Sie sind vorläufig festgenommen. Bei Widerstand wird geschossen.* Wolfgang wollte protestieren, aber seine Worte kamen ins Stocken, als sie ihn voranschubsten.

Ein letztes Mal schaute Wolfgang zurück zum Ortsschild, seinem Heimatort, bevor sie ihn wie ein Stück Vieh in den Wagen trieben und auf den Boden zerrten. Seinen Kopf steckten sie in einen Stoffsack und rissen seine Hände mit den Handschellen nach oben auf die Pritsche des Wagens, auf der zwei Soldaten saßen und ihn nach unten drückten.

Wolfgang konnte durch den Sack hindurch nicht sehen, wohin sie fuhren. Außerdem war das Verdeck verschlossen, und er roch nur seinen eigenen Angstschweiß, der sich während der Fahrt immer mehr mit dem Benzingeruch vermischte.

Als der Wagen anhielt und sie ihn in ein Gebäude führten, hatte er immer noch den Sack über dem Kopf. Eine Männerstimme schrie ihn an: *Gesicht zur Wand!* Da er unter dem Sack nichts sehen konnte und nicht gleich reagierte, drückte eine kräftige Hand von hinten sein Gesicht in Richtung Wand, sodass er fast nicht mehr atmen konnte. Das war auch das letzte Mal, dass er mit seinem Namen angesprochen wurde: *Sie werden immer verlieren, Herr G.*

Insgesamt verlassen zwischen Oktober 1949 und August 1961 fast drei Millionen Bewohner das Land, etwa ein Sechstel der Gesamtbevölkerung. Die DDR droht ihre Zukunft zu verlieren.
(GEO Epoche Nr. 64, Die DDR)

In letzter Konsequenz war es den Beamten egal, was sie aus ihm herausholten und weswegen sie Anklage erhoben. In einer Atmosphäre der Konkurrenz und der Befehle konnte es nur einen Weg geben. Die Schuld lag immer bei den anderen. Bei den Republikflüchtigen, die Verbrecher waren. Bei den Menschen, die sich im Aufnahmelager des Westens befragen ließen. Oder bei den Vorgesetzten, die den Schießbefehl gegeben hatten.

Gegen Verräter und Grenzverletzer ist die Schusswaffe einzusetzen.
(Erich Honecker, 1961)

Warum sie aber trotzdem nicht einfach vorbeischossen, hatte Wolfgang noch nie verstanden. Man konnte doch zumindest so tun, als würde man zielen, und dann trotzdem das Ziel verfehlen.

So hatte er es bei seinem Freund Edgar gesehen, dessen Vater Jäger war und Edgar auch mal vom Hochstand schießen ließ. Nicht auf Menschen, aber auf Wildschweine und Rehe. Edgar, der Tiere mehr liebte als Menschen, tat dann so, als zielte er mit dem Gewehr genau in Richtung Wildschwein. Um seine Konzentration zu bekräftigen, kniff er das eine Auge professionell zu. In Wirklichkeit wusste Wolfgang, dass Edgar ein guter Schauspieler war, der nur seinem Vater zuliebe abdrückte und mit der Souveränität eines Dilettanten danebenschoss.

Weil Wolfgang meinte, Edgar richtig gut zu kennen, war die Verwunderung umso größer, als der ihn später an die Stasi verriet. Edgars Verrat war auch einer der Gründe, warum Wolfgang schon im Untersuchungsgefängnis wusste, dass er nach seiner Entlassung erneut fliehen würde.

Außerdem begann er, die Schergen, wie er sie nannte, zu hassen, weil sie sich als Autoritäten aufspielten, obwohl sie nur durch ihre Abzeichen dazu wurden. Immer wieder wurde er befragt und zu völlig willkürlichen Zeiten aus seiner Zelle geholt. Mal wartete er stundenlang auf das nächste Verhör. Und im nächsten Moment waren es plötzlich nur wenige Minuten.

Die Fragen, die sie ihm stellten, und die Mutmaßungen waren genauso irrsinnig wie die Zeiten, an denen sie ihn aus der Zelle holten. Fast ein Jahr nach seinem Grenzübertritt sollte er noch genau wissen, wie die amerikanischen, englischen und französischen Offiziere ausgesehen hatten, die ihn im Notaufnahmelager im Westen befragt hatten. In der Untersuchungshaft in Berlin-Lichtenberg wurde ihm unmissverständlich klargemacht, dass er auch hierzu eine Aussage machen musste: *Sie wollen doch, dass Ihre Brüder weiter bei der Nationalen Volksarmee dienen dürfen und Ihre Schwester studieren darf?*

Und so spann er sich so gut er konnte etwas zusammen: von der Farbe der Hemden, vom gescheitelten Haar, der Form der Nase, der Stellung der Augen und dem Sitz des Gürtels. Er wurde zum Karikaturisten der imperialistischen Feinde, auch wenn er eigentlich nur die Offiziere der DDR beschrieb.

Ihre Aussagen sind erlogen! Welche Spionageangaben machten Sie in den sogenannten Sichtungsstellen?
Ich kannte keine Sichtungsstellen. Ich bekam nur einen Laufzettel wie alle anderen republikflüchtigen Personen für das sogenannte Notaufnahmeverfahren.
Beantworten Sie meine Frage! Welche Spionageangaben machten Sie in den sogenannten Sichtungsstellen?
Ich gab keine militärischen Geheimnisse preis, weil ich über meine Dienstzeit bei den bewaffneten Kräften in der Deutschen Demokratischen Republik gar nicht befragt wurde.
Sie lügen! In Pritzier haben Sie noch etwas ganz anderes angegeben.
Ich gab dieses nur deshalb zu, weil mir damals der mich vernehmende Offizier Versprechungen machte, dass ich früher das Heim verlassen kann, wenn ich zugebe, militärische Geheimnisse verraten zu haben.

Später stand in den Verhörprotokollen, dass er absichtlich die verschiedenen ausländischen Stellen und Geheimdienste aufgesucht habe. Und dass er nur deswegen nach West-Berlin gegangen sei. Immer aufs Neue widerrief er diese Aussage, was ihm aber nichts nützte. Denn im nächsten Protokoll stand sie wieder drin. Und da er dazu gezwungen wurde zu unterschreiben und sie ihm mit weiterem Schlafentzug drohten, wollte er irgendwann nur noch eins: endlich schlafen.

Er wollte nicht mehr lesen, dass er sein ganzes Erspartes illegal aus dem Währungsgebiet der DDR gebracht und zum Schwindelkurs in Westgeld umgetauscht hatte. Und er wollte schon gar nicht mehr lesen, dass er bei den Vertretern imperialistischer Spionagezentralen vorstellig wurde, um absichtlich die DDR und den Weltfrieden zu gefährden. Während er auf der weißen Linie stand und der Schlaf ihn übermannte, wollte er nur eines: endlich Frieden.

Als Wolfgang nach seinem endgültigen Geständnis auf dem Fußboden seiner Einzelzelle schlafen durfte, verfolgte ihn das metallische Geräusch der Zellenschlüssel bis in den Schlaf. Als er aufwachte, konnte er sich im ersten Moment an nichts mehr erinnern. Nur die weiße Linie auf dem Fußboden kam ihm bekannt vor. Sie verlief geradewegs zum Gefrierschrank mit seinem Herzen, das er im Traum dort hineingelegt und beschriftet hatte.

SCHUHE

Nachdem die Verhöre und die Untersuchungshaft beendet waren, wurde er im Oktober 1960 in die Haftanstalt Bautzen I, bekannt als »Gelbes Elend«, verlegt. Auf dem Weg dorthin sah er das erste Mal seit Monaten den Himmel wieder.

Vor dem Abtransport wurden seine Hände mit Handschellen hinter dem Rücken fixiert. Mit leichten Hieben trieben sie ihn die Treppe hoch.

Im Hof war ein Kleintransporter vom Typ Barkas B 1000 geparkt. Wolfgang sah erst den Himmel und dann den Kleintransporter, der die Aufschrift hatte »Ostseefisch, frisch auf den Tisch«. Da er Himmel und Kleintransporter gleichzeitig betrachtete und mit den Handschellen auf dem Rücken nicht richtig gehen konnte, taumelte er und fiel an die Seitentür des Kleintransporters, die offen stand. Von hinten rief jemand: *Steig endlich ein.*

Wieder taumelte er den Einstieg hoch. Von der Seitentür führte in der Mitte ein schmaler Gang in den hinteren Teil des Transporters. Dort sah er lauter kleine Käfige ohne Fenster. In einen dieser Verschläge wurde er seitlich hineingeschoben, hineingestopft und zusammengepresst. Er hockte dort wie ein lebendiges Paket mit eingezogenem Kopf und

Schultern. Links die Außenwand, rechts die Tür mit dem inzwischen eingeschnappten Riegel.

Als der Wagen losfuhr, spürte er jede Unebenheit auf der Straße. Vor Schmerzen und Angst schlief er nicht ein, auch wenn ihn der penetrante Benzingeruch immer mehr benebelte.

Schon mehrmals war er mit einem dieser Gefangenentransporter gefahren. Dieses Mal war es in dem etwa einen Kubikmeter großen Verschlag aber nicht warm wie die Male davor, sondern richtig kalt. Die Minusgrade, die den Oktober beherrschten, ließen Wolfgang erst vor Kälte zittern und dann kalt schwitzen, weil die Luft mit zunehmender Fahrtlänge nicht mehr zirkulieren konnte. Irgendwann roch es nicht mehr nur nach Benzin, sondern auch nach kaltem Schweiß und Urin. Denn Austreten war den Gefangenen verboten.

Die Fahrt dauerte mehrere Stunden. Einen Zwischenhalt gab es nicht. Wie auf jeder dieser Fahrten dachte Wolfgang: *Der Motor ist viel zu laut. Uns kann niemand hören.*

Irgendwann wechselte die Monotonie des Fahrens mit einem stetigen Bremsen und Wiederanfahren ab. Schließlich hörte er ein metallisches Geräusch, und der Wagen hielt länger als sonst. Da wusste er, schon wieder geht ein Schleusentor hinter dem Transporter zu. Sie waren angekommen.

Als der Motor endlich stillstand und sie seinen Verschlag öffneten, konnte er sich zuerst nicht richtig bewegen. Er fühlte sich an wie ein Paket, das an den Seiten fest verschnürt war.

Nur mühsam konnte er aus dem Auto steigen. Da er mit Handschellen gefesselt war und sich nicht festhalten konnte, fiel er beim Aussteigen auf die Knie. Als er von den Wärtern wieder hochgerissen wurde, blickte er in die Sonne, die ihn blendete. Aber er sah auch das erste Mal seit Langem den Himmel wieder. Während sich eine große Stahltür wie eine Schleuse öffnete, schaute er nicht hin, sondern streckte seinen Kopf in den Himmel, in das große blaue Viereck über dem Hof von Bautzen I.

Da er während des Gehens, obwohl er sich ziemlich gebückt vorwärtsbewegte, weiter versuchte, in den Himmel zu schauen, sah er nicht, wie sich das Schleusentor wie ein Schlund hinter ihnen schloss und ihn und die anderen drei Gefangenen, die im Transporter in den anderen Zellen gesessen hatten, verschluckte.

Er stand nun vor dem Gefängnis mit den gelben Klinkersteinen, die ihm die Bezeichnung »Gelbes Elend« eingetragen hatten. Das große gelbe Zuchthaus wurde von einem Zaun begrenzt, 4,4 Meter hoch und 1,4 Kilometer lang. Innen liefen Schäferhunde an Laufleinen. Eine Wand mit kleinen Gitterfenstern gehörte zum Zellenbau. Davor die Kirche und der Eingang. Das Portal der vorgelagerten Anstaltskirche war der Haupteingang des Gefängnisses. Die Kirche befand sich im ersten Stock. Unter der Kirche lagen die Empfangsräume und die Räume der Verwaltung.

Hoch oben unterhalb des blauen Himmels sah Wolfgang kleine burgähnliche Zinnen, und genau darunter die großen Glasaugen der Gefängniskirche, die zu triumphieren schienen. Er hielt seinen Kopf auch dann noch nach oben gerichtet, als der Himmel längst hinter dem Haupteingangstor verschwunden war.

Als er das Klappern von Schlüsseln hörte, kam er wieder zu sich. *Ausziehen!* Das kannte er schon. Aber nicht das: *Beine breit!* Dann das Abtasten und eine grobe rektale Untersuchung, als wenn er darin etwas einschmuggeln wollte. Ein Uniformierter warf ihm ein Bündel Sachen vor die Füße: *Anziehen!* Wolfgang griff sich die dunkelgraue Häftlingskleidung und zog sich an. Mit dem eingenähten gelben Balken auf dem Rücken und vier kleineren an den Ärmeln und Beinen war er nun als Häftling gekennzeichnet.

Ein weiterer Sack landete vor seinen Füßen. Er brauchte sich gar nicht danach zu bücken, so geduckt ging er nach der langen Fahrt in dem getarnten Transporter. Und es ertönte schon wieder dieselbe laute Männerstimme: *Bettzeug. Und mitkommen!* Da Wolfgang nicht gleich reagierte, schlug der zur Stimme gehörende Wärter wie zur Untermalung mit dem Gummiknüppel an eine metallene Tür. Ein zweiter Wärter in Uniform schloss die Tür auf. Die Tür öffnete sich. Über schmale Eisentreppen ging es ein Stockwerk höher. Das Licht von draußen blendete nun nicht mehr. Dafür sah Wolfgang auf einen langen Flur mit unfreundlichem Steinfußboden und Drahtgittern zwischen den Etagen. Die gelb angestrichenen Zellentüren waren aus alter Eiche. Der Putz bröckelte von den Wänden.

Als sich die Zellentür hinter ihm schloss, war er fast ein wenig enttäuscht: In der acht Quadratmeter großen Zelle gab es keinen einzigen Mauerstein, sondern nur graue, verputzte Wände, an denen wie im Gefängnisflur der Putz abblätterte. Darunter sah man keine Steine, sondern nur eine ältere, ebenfalls graue Schicht aus Gips.

Die Ausstattung der Zelle war ausgesprochen karg. Eine Toilette, fließendes Wasser oder ein Waschbecken gab es nicht. Für die Notdurft gab es lediglich einen Kübel, dazu einen zweiten Kübel mit Wasser, der dem ersten zum Verwechseln ähnlich sah.

Auf der rechten Seite der acht Quadratmeter großen Zelle befand sich eine dreistöckige Holzpritsche. Der Raum war so klein, dass schon zwei Personen Schwierigkeiten hatten, sich nebeneinander aufzustellen. Mit drei Personen war es beinahe unmöglich.

Das obere Bett lag nur einen halben Meter unter der Zellendecke. Dort lag aber niemand. Sie waren nur zu zweit. Gegenüber dem Etagenbett standen ein kleiner Tisch und zwei schmale Bänke, die am Fußboden angeschraubt waren. Darüber war ein kleines Wandregal zu sehen. Der Fußboden war mit groben Holzdielen belegt.

Das vergitterte Zellenfenster von 80 mal 60 Zentimeter Größe war aus Milchglas. Durch eine kleine gekippte Luke kam ein wenig Außenluft herein. Auch hier durfte man die Sonne nicht sehen.

Ein Mensch trat aus dem Schatten unter der Luke hervor und streckte Wolfgang die Hand entgegen: *Ich bin Klaus.*

Wolfgang war noch mit den Wänden beschäftigt. Die Hand von Klaus hing lange in der Luft, bis Wolfgang sie nahm und vorsichtig schüttelte. *Du heißt ja wie mein Onkel.* Wolfgang spürte das erste Mal wieder Kraft in seiner Stimme. Er wusste nicht, dass er sich bei Klaus damit verdächtig machte. *Noch so ein Zellenspitzel,* dachte Klaus und trat wieder in den Schatten hinein.

Seine Hand verschwand ebenfalls. Wolfgang blinzelte ihm hinterher, zu dem winzigen Streifen Tageslicht über ihm. Erst jetzt sah er, dass Klaus im Gegensatz zu seiner kräftigen Hand sehr schmal war. Außerdem war er geradezu grau im Gesicht und verschmolz so fast mit den verputzten Wänden.

Bist du krank?, fragte Wolfgang. *Du bist noch nicht so lan-*

ge hier, kam es aus der Dunkelheit. *Mir kommt es bereits ewig vor,* erwiderte Wolfgang mit plötzlich heiserer Stimme. Wieder Schweigen, als wenn man auch hier nicht miteinander sprechen durfte.

Du kannst dort schlafen. Klaus zeigte auf die mittlere der Holzpritschen. *Hier schlafe ich.* Wolfgang sagte, *ist gut. Ich lege mich gleich schlafen. Bin ziemlich müde.*

Klaus fand, dass er schon zu viel gesagt hatte. Er war lieber vorsichtig, nachdem sein letzter Zimmergenosse bei den Wärtern Bericht erstattet hatte und es nicht folgenlos für ihn geblieben war. Für heute Abend sagte er lieber nichts mehr und beobachtete Wolfgang, wie er sich hinlegte, ein Stück Putz von der Wand in die Hand nahm und es von allen Seiten musterte. Klaus bekam Mitleid. Er traute sich, jetzt doch etwas zu sagen: *Gute Nacht.*

Für Wolfgang klangen diese zwei Wörter erneut wie ein Versprechen. Denn endlich hatte er einen Zellengenossen, eine Matratze und eine Decke nur für sich. Daher störte es ihn auch nicht, dass er in der ersten Nacht und auch in allen darauffolgenden ständig das Geräusch der Sichtklappe hörte, die geöffnet wurde, um seine Schlafposition zu kontrollieren.

Wolfgang lag in seiner ersten Nacht noch stundenlang wach und konnte nicht einschlafen. Er sah zu, wie der Schatten unter dem Fenster immer größer wurde und der Himmel in der Nacht jenseits von Bautzen verschwand.

Am nächsten Morgen, einem Sonntag, weckte ihn Klaus: *Wolfgang, du hast verschlafen. Du musst aufstehen. Bald beginnt der Appell,* flüsterte er ihm zu. Während Klaus ihm kurz die Regeln erklärte, hörte er schon das Getöse. Ein metallisches Donnern kam immer näher und hallte im großen

Flur des Gefängnisses. Bevor die Tür zu ihrer Zelle aufgeschlossen wurde, standen die beiden schon unter dem Fenster. Da Klaus der Verwahrraumälteste war, erstattete er auch zuerst Meldung: *Zelle 9 belegt mit zwei Strafgefangenen. Es meldet sich Strafgefangener 9 Strich 26. Keine Vorkommnisse.* Und da Wolfgang inzwischen auch seine neue Nummer kannte, rief er in die Tür hinein, ohne den Wärter anzusehen: *Zelle 9, es meldet sich Strafgefangener 9 Strich 27.*

Der Wärter brüllte zurück: *Mitkommen, 9 Strich 27, du bekommst Schuhe.* Wolfgang schaute auf seine Füße. Er hatte ganz vergessen, dass er seit Monaten keine Schuhe mehr getragen hatte. Neben seinem Anzug, den er in West-Berlin gekauft hatte und auf den er besonders stolz gewesen war, hatten sie ihm gleich nach seiner Ankunft auch seine neuen Schuhe weggenommen. Dafür bekam er Sträflingskleidung, aber keine Schuhe. Monatelang war er auf den kalten Betonfußböden, außer im Gerichtssaal, nur barfuß unterwegs gewesen.

Irgendwann hatte er es nicht einmal mehr gemerkt, wahrscheinlich weil er schon als Kind jahrelang ohne Schuhe herumgelaufen war. Denn seine Mutter konnte nur seinem ältesten Bruder ein paar Schuhe kaufen, die alle anderen Geschwister nacheinander auftragen mussten. Und so wartete Wolfgang jahrelang auf die Schuhe seines älteren Bruders, bis sie ihm endlich passten und er sich im Winter keine Lappen mehr um die Füße binden musste.

Für dich gibt's nur die, raunte ihm der Mann aus der Wäschekammer zu und gab Wolfgang zwei linke Schuhe. Wolfgang war erst einmal froh, überhaupt ein Paar Schuhe zu haben. Erst später bemerkte er die Schmerzen und schließlich die Verformung an seiner rechten Großzehe, die ihm auch im späteren Leben immer mal wieder Probleme bereitete. Er humpelte in Richtung Zelle, wurde von hinten gestoßen und dachte nur: *Die wollen nicht, dass ich wieder weglaufen kann.*

DIE KISTE

Ich knie auf dem Dachboden meiner Eltern und öffne die Kiste, in der mein Vater seine Stasi-Akte untergebracht hat. Kalt ist es hier oben. Es riecht wie auf alten Dachböden. Nur staubig ist es nicht. Meine Mutter hat geputzt, bevor ich kam. Der Blick durch das früher von Spinnweben umsäumte Fenster ist klar. Der Schaukelstuhl, auf den ich mich setze, lässt diesmal keine Staubwolke in die Luft steigen. Ich finde es fast ein wenig schade, ohne Spinnweben und Wollmäuse auf dem Dachboden zu sitzen, mit den Stasi-Unterlagen meines Vaters auf dem Schoß, die kaum gealtert sind. Wie wenn es eben erst passiert wäre.

Je weiter ich in den Stasi-Akten lese, desto trauriger werde ich. Ich fange an zu weinen. Es sind dieselben Tränen wie bei meinem Vater, als er vor wenigen Jahren auch hier oben saß und so wie ich während des Lesens durch das Dachfenster schaute. In der Zelle hatte er anfangs keinen Himmel. Daran muss ich nun denken. Daran muss man sich erst gewöhnen. Und es fällt mir schwer, auf diese Weise weiterzulesen. Es wird mir allmählich zu bequem in diesem Schaukelstuhl mit Blick in den Himmel, und ich beschließe, einen Teil der Akten mit in den Anbau zu nehmen und mich in die Abseite unter dem Dach zu kauern. Dort gibt es wie in der Untersuchungshaft auch keine Fenster. Und ich kann nicht stehen. Ich kann nur kriechen oder mich hinsetzen. So muss sich mein Vater gefühlt haben, als er in den ersten Monaten in Einzelhaft war. Ohne Tisch und Stuhl und ohne Erlaubnis, sich auf die Pritsche legen zu dürfen.

In der Abseite lasse ich meinen Tränen freien Lauf. Sie strömen an mir herunter wie Tränen von Generationen. Als ich wieder zu lesen anfange, geht es mir tausendmal besser. Die Trauer verwandelt sich allmählich in Wut.

Erst jetzt merke ich, wie sich neben mir die Schuhkartons meines Vaters stapeln. Und in ihnen an die fünfzig Paar Schuhe. *Er hat sie nie getragen,* sagte meine Mutter nach seinem Tod zu mir. *Er hat sie nur besessen,* denke ich. Falls mal wieder jemand kommt, der ihm die Schuhe wegnimmt.

Zu einer Zeit, in der es keine Psychologen gab, die einem dabei halfen, über etwas hinwegzukommen, musste man immer etwas in Reserve haben. Für die einen war es der Alkohol, für meinen Vater waren es seine Schuhe.

Aber ich glaube auch, dass die Fähigkeit, schwierige Lebenssituationen zu überstehen, Teil seines Charakters war. Hindernisse zu überwinden und nicht aufzugeben, war seine Art der Lebenskunst. Genau genommen hatte mein Vater seit seiner Geburt eine Überdosis davon. Nur das Gespür für wahre Freundschaft und Kameradschaft war ihm aufgrund der Umstände abhandengekommen.

Nachdem ich die Stasi-Akte fast durchgelesen habe, entscheide ich mich, die Geschichte der Opfer und Täter ins Leben zurückzuerzählen und daran zu erinnern, auf welchem Boden wir stehen.

Am Anfang und am Ende bleibt doch immer dieselbe Frage: *Wie konnte es dazu kommen?*

Die persönliche Frage folgt gleich hinterher: *Was hättest du getan?*

FREUNDSCHAFT

Die Mehrzahl der Republikfluchten ist hinsichtlich der
Ursachen darauf zurückzuführen, dass das Bewusstsein
dieser Personen nicht mit der Entwicklung in der DDR
Schritt hält, sondern zum Teil noch in kleinbürgerlichen
und auch religiösen Auffassungen verharrt.
(Bericht über die Entwicklung der Republikflucht
28.10.1960)

Nachdem Wolfgang im Mai 1959 in Westdeutschland angekommen war, besuchte er als Erstes seinen Onkel im
Schwarzwald, der sich jedoch nicht um ihn kümmern konnte. Bald wurde ihm klar, dass er sich auf eigene Füße stellen
musste und dass im Westen keine Rosinen an den Bäumen
wuchsen, die einem ungefragt in den Mund fielen.

Erst arbeitete er in Ludwigshafen in einem Chemiebe-
trieb als Hilfsarbeiter, dann als Kraftfahrer bei einer inter-
nationalen Spedition und schließlich als Schweißer in einer
Karosseriefabrik in Lorch. Er war fleißig und hatte einen guten Ruf unter den Kollegen, obwohl er nur der *Ossi* war. Und
doch geschah etwas, das ihn aus der Bahn warf und womit er
im Westen nie gerechnet hatte.

Als Wolfgang an einem Abend im Dezember 1959 in einem Park in Lorch spazieren ging, wurde er von zwei Männern überfallen. Von hinten prügelten sie auf ihn ein und
versuchten, ihm die Taschen zu leeren. Sie waren zu zweit.
Vielleicht weil sie betrunken waren und weil Wolfgang schon
immer sehr sportlich gewesen war, war er stärker als sie.

Auf einmal war er in Freiheit, aber dem Tod näher als
seinem Leben. Es war das erste Mal, dass er genau um dieses
Leben kämpfte. Er schlug um sich, noch während er am Boden lag, und schaffte es schließlich, sich aus der Umklamme-
rung zu lösen. Seine Enttäuschung und seine Wut wuchsen
an wie die Dunkelheit im Park. Er schlug auch dann noch
um sich, als die Polizei schließlich kam, und alle drei blutend
am Boden lagen. Zwei gegen einen. Mit einer zerbrochenen
Flasche waren sie auf ihn losgegangen. Auf der Polizeiwache
sagten die Angreifer aus, er hätte sie provoziert. Das war
mehr wert als seine eigene Aussage und brachte Wolfgang
schließlich eine Geldstrafe von 200 DM exklusive Kranken-
hauskosten, Entschädigung und Kosten für den Anwalt ein,
insgesamt 2400 DM. Auch das war ein Grund, warum er sich
schließlich nach Alt Jabel zurücksehnte. Er, der im Westen
nur ein Tagelöhner aus dem Osten war. Von der Stasi wurde
ihm der Zwischenfall später als schwere Körperverletzung
ausgelegt und war ein weiterer Beweis dafür, dass er ein Verbrecher sein musste.

Nach der Sache im Park fühlte sich Wolfgang auch in
Westdeutschland nicht mehr sicher, und er begann, an seiner
neuen Freiheit zu zweifeln und sich immer mehr nach Hause
zurückzusehnen. Da kam zu Weihnachten der Brief von seiner Mutter gerade recht, die ihm schrieb, wie sehr sie ihn
vermisste und dass ihm nichts passieren würde.

Er flog am 12. Februar 1960 von Frankfurt nach West-Berlin und übernachtete wieder bei seiner Tante. Am 13. Februar 1960 fuhr er mit dem Zug nach Neu Kaliß und rief seinen Freund Friedrich an, der ihn mit dem Moped nach Alt Jabel fuhr. Am Montag, dem 15. Februar 1960, meldete er sich beim Volkspolizeikreisamt in Ludwigslust. Dort wurde er angewiesen, sofort zum Aufnahmeheim Pritzier zu fahren. Er gab vor, nach Hause fahren zu müssen, um noch seine Wäsche zu holen. In Wirklichkeit wollte er nur eine weitere Nacht bei seiner Mutter und seinen Geschwistern bleiben. Es war ihm völlig unverständlich, warum sie gleich wieder getrennt werden sollten.

Friedrich fuhr ihn am 16. Februar 1960 auf dem Moped wieder zum Bahnhof zurück, damit er den Zug nach Pritzier nehmen konnte. Wolfgang wusste nicht, dass Friedrich inzwischen zum Inoffiziellen Mitarbeiter der Stasi geworden war. Er hieß jetzt mit Decknamen Peter. Er war aber immer noch sein Freund, auch wenn er jetzt Berichte über Wolfgang verfasste. Aber er hatte absichtlich Belangloses geschrieben, eher wie *Futter für die Schweine*.

Erst als er das schicke Foto von Wolfgang gesehen hatte, das dieser vor einem Jahr für seine Mutter beim Fotografen in Lübtheen gemacht hatte und das immer noch im Schaufenster hing, war Neid in ihm aufgestiegen. Friedrich hatte sich dagegen gewehrt, er hatte mit sich selbst gekämpft, weil er nicht wollte, dass der Neid seine Freundschaft nährte. Als er verloren hatte, entschied er sich zumindest dafür, nicht auch noch über Wolfgangs Bruder Walter zu schreiben. Über Wolfgang aber schon.

Bericht Peter über Wolfgang G.:
Angenommen am 16.2.1960

G. ist gesellschaftlich in der FDGB und BSG gewesen. Am gesellschaftlichen Leben beteiligte er sich außer Fußball nicht.

Seine soziale Herkunft ist Schweißer. G. war bei der Nationalen Volksarmee und nach meiner Meinung auch Unteroffizier. Nachdem er von der NVA zurückkam, stellte er bei uns besondere Ansprüche, da er eine besondere Arbeit haben wollte. Wir wollten ihn in Alt Jabel als Schweinemeister einsetzen, aber dies schlug er auch ab. Hier trat er schon einmal negativ auf einer Versammlung auf.

Am 8.2.59 meldete er sich dann nach Rostock-Gehls-dorf, Wohnlager ab. Von hier kam er dann nur noch über das Wochenende nach Hause. Seit dem 19.5.59 wurde er dann über West-Berlin republikflüchtig. Sonnabend, den 13.2.60, kam er über West-Berlin wieder zurück und ist seit dem 15.2.60 im Aufnahmelager Pritzier angemeldet.

gez. Peter

Für Neuankömmlinge oder Republikflüchtige, die wieder zurückkamen, errichtete die DDR schon zu Beginn der Fünfzigerjahre an den Grenzübergangsstellen spezielle Baracken, die sogenannten Rückkehrerheime. In ihnen war auch die Staatssicherheit präsent, um die Menschen zu überprüfen. 1960 befahl Erich Mielke, das gesamte Ministerium für Staatssicherheit auf die Bekämpfung der Republikflucht auszurichten. Die Stasi prüfte nun verstärkt, ob sich unter den Rückkehrern *vom Feind eingeschleuste Agenten* befanden.

Wolfgang fand sich damit ab, dass er die nächsten Monate im Rückkehrerheim wohnen musste. Aber dass sich in den Monaten seines Aufenthalts in Westdeutschland für seine Familie nichts geändert hatte, frustrierte ihn. Sie wohnten immer noch mit sechs Kindern in einer Zweizimmerwohnung ohne wirkliche Perspektive.

Manchmal dachte er dann daran, wie es gewesen wäre, wenn er seinen Bruder Walter mitgenommen hätte. Walter war jünger als er und hatte in Wolfgangs Augen noch alle Chancen. Aber Walter war nicht so mutig wie sein Bruder und hatte noch nie das Bedürfnis gehabt, so wie Hunderttausende andere in den Westen zu fliehen. Vor allem hatte er Angst, da durch die Änderung des Passgesetzes seit 1957 die Republikflucht mit Haftstrafen von bis zu drei Jahren geahndet wurde. Als Wolfgang mit Walter darüber sprach, winkte sein Bruder nur ab. *Ist doch viel besser, wenn wir hier zusammen sind,* sagte er. *Edgar ist ja nun auch wieder da.*

Wolfgang wusste nichts davon, dass Edgar zurückgekommen war. Sie hatten sich seit Berlin aus den Augen verloren. Umso mehr freute es ihn, als er nun im Rückkehrerheim seinen besten Freund wiedersah. Wolfgangs Freude war so überschwänglich, dass er Edgar alles erzählte, was er drüben erlebt hatte. Wo er gearbeitet hatte. Wie er in Westdeutschland von zwei Männern überfallen wurde. Und auch wie die Alliierten ihn im Aufnahmelager befragt hatten und die Amerikaner ihm schließlich klargemacht hatten, dass eine detaillierte Aussage die Voraussetzung für eine Anerkennung als Flüchtling sei.

Für Wolfgang war es ein ganz normaler Vorgang gewesen. Er hatte in Berlin-Marienfelde ein Notaufnahmeverfahren beantragt und war mit einem Laufzettel zu verschiedenen westdeutschen und westalliierten Dienststellen geschickt worden. Im Aufnahmelager Marienfelde war er das erste Mal verhört worden, ohne dass es ihm bewusst war. Für ihn war es nur eine lockere Befragung zu seinem Leben, bis er berichtete, wo er überall gearbeitet hatte. Denn nachdem er bei der Bereitschaftspolizei in Schwerin seinen Führerschein gemacht hatte, war er im Rostocker Ölhafen als Kraftfahrer beschäftigt. Dadurch wurde er plötzlich für die Alliierten interessant. Sie ließen ihn nun nicht mehr los und befragten und verhörten ihn ein paar Tage länger als Edgar, der nur als Maurer auf dem Land gearbeitet hatte.

Der Kalte Krieg hatte begonnen, bevor Wolfgang davon wusste. Und bevor er davon wusste, stand er als Zwanzigjähriger mittendrin.

Als Edgar nun ebenso wie Wolfgang nach seiner Rückkehr im Aufnahmeheim von Pritzier verhört wurde, machte sich Wolfgang zum ersten Mal Gedanken. Wie immer überspielte er seine Sorgen nach außen hin mit dem ihm eigenen trockenen Humor. *Sie haben mir Straffreiheit garantiert,* sagte Edgar, *aber ich darf eigentlich nicht mit dir drüber reden.* Bevor er darüber nachdachte, erwiderte Wolfgang: *Wenn du so weitermachst, kannst du schon mal die grüne Minna holen.* Und Edgar zurück: *Ja, das reicht locker für zwei Jahre.*

Später wurde Wolfgang klar, dass Edgar bei einem der Verhöre eingeknickt war und jetzt mit der Stasi zusammenarbeitete, damit er weiter als Maurer arbeiten durfte und wenigstens die eigene Haut gerettet hatte. Edgar erzählte Dinge, von denen er eigentlich nichts wissen konnte. Und von denen noch nicht einmal der Kraftfahrer Wolfgang etwas wusste.

Dass dieser den Amis die genaue Tiefe der gefüllten Ölbecken und sogar die Stärke der am Öldamm eingerammten Betonpfähle sowie deren Abstände zueinander genannt hatte. Wolfgang sagte noch: *Du weißt doch gar nicht, was ich gesagt habe.* Aber da war es schon zu spät.

Wolfgang interessierte sich nicht für Politik, sondern war jemand, der sein Leben selbst bestimmen wollte. Das war eine Haltung, die schwierig war in einem Land, in dem das große Ganze alles bedeutete. Und da er jung war und keine Angst kannte, fehlte ihm leider diese kleine Portion Vorsicht, die einem das Leben in der DDR etwas leichter machen konnte.

Die Unbekümmertheit und Gutgläubigkeit gab Wolfgang auch gegenüber Fremden nicht auf. Sein manchmal loses Mundwerk konnte ihm aber nun gefährlich werden, da die Spitzel jetzt auch auf ihn angesetzt waren.

Einer der Spitzel übernachtete sogar als Zimmergenosse mit ihm im Heim in Pritzier. Wolfgang freundete sich mit ihm an, ohne dass er sich vorstellen konnte, mit was für einem er das Zimmer teilte und wer da im Bus neben ihm saß. Kein Freund, sondern jemand, der genau Bericht über ihn erstattete und der auch weitergegeben hatte, dass Wolfgang an diesem Tag wieder seine Mutter besuchen wollte. Einer, der genau von dem Haftbefehl, der nach dem Verhör mit Edgar erlassen worden war, wusste und der sich noch in den letzten Minuten, in denen Wolfgang in Freiheit war, von ihm erzählen ließ, dass vorne im Bus der Bürgermeister von Alt Jabel sitzt und dass der ein Hundertprozentiger sei. *Wieso das,* fragte der falsche Freund neugierig nach. *Der hat seinen eigenen Sohn verhaften lassen, weil der in der BRD war,* hatte Wolfgang erwidert. Dass Wolfgang gleich selbst verhaftet werden würde, wusste nur der Spitzel. An der nächsten Kreuzung sah er schon die Plane des Militärautos, unter der Wolfgang zehn Minuten später am 21.3.1960 verschwand.

Berichte über Wolfgang G. (und Edgar F.) von A.M.:

Pritzier, den 23.2.60

Am Sonntag, den 21.2.60 bin ich mit G. mit dem Autobus nach Lübtheen gefahren.

Einige Zeit später suchten wir eine Gaststätte auf.

G. kannte viele Personen, die hierherkamen. Nach einer gewissen Zeit ließ ein Mann vom Nachbartisch zwei Bier rüberstellen.

Gespräche wurden aber nur mit einem jungen Mädchen und einem jungen Mann geführt. Das Mädchen ist in L. als Buchhalterin beschäftigt. G. fragte, ob seine Freundin schon mit einem anderen verlobt sei, er habe so etwas gehört. Die Unterhaltung verlief sonst nur über was macht der oder die.

Mit dem jungen Mann, der in den Thälmann Werken arbeitet, wurde sonst nur über das Schweißen gesprochen, da G. sich in WD auch das Schweißen angenommen habe.

Wir gingen dann zum Sportplatz. Nach ca. 1 ½ Stunden suchten wir wieder die Gaststätte auf, wo wir zu Abendbrot aßen. Nach dem Abendbrot sind wir ins Kino gegangen, wo der Film »Alarm in der Stadt« gespielt wurde. Der Weg ins Heim dauerte ca. 1 ½ Stunden. Ich führte mit G. eine ausgedehnte Unterhaltung. Er sprach davon, dass er 1 ½ Jahre in der Armee gedient hätte und von einem Hauptmann begeistert war, bei dem er zweimal

die Woche Politunterricht hatte. Meine Feststellung, dass
er wohl die ganze Zeit geschlafen hat, ignorierte er.
Weiter, dass er nur zurückkomme, um seine Brüder
nicht in ihrer Laufbahn zu stören. Er sagte auch, dass
seine Familie zum Arbeiter- und Bauernstaat stehe, er
sei das politische Schaf der Familie.
Im Lager West-Berlin wurde er gefragt, ob er Truppen-
verschiebungen festgestellt habe. Ihm wurden Landkar-
ten vorgelegt, worauf er zeigen sollte, was sich dort
befindet. G. sagte, er wüsste das nicht. Danach kam er
ins Lager Sandbostel. Er sagte, es wäre besser wie hier.
gez. A.M.

Pritzier, den 24.2.60
G. hat nicht nur seine, sondern auch die Flucht von
seinem Kollegen F. bezahlt. Das Geld hierfür hat G. von
seinem Sparkonto, ca. 600 Ostmark, abgehoben. Als F.
heute von seinem Verhör zurückkam, ist er sofort zu G.
gegangen.
G. sagte zu F., du hast jetzt wohl alles erzählt. F. sagte
nein. Weiter wurde von F. gesagt, er hätte mit dem SSD
nur über Rostock und eine Zeichnung vom Rostocker
Hafen gesprochen. Darauf antwortete G., du weißt doch
gar nicht, was ich in Berlin angegeben habe.
Dann G. wieder: Ich sehe schon, aus dir bekommen sie
alles Mögliche raus. Bestell schon mal die grüne Minna.
Und F.: Für zwei Jahre wird es reichen.
F. sagte dann immer wieder, G. solle nicht sagen, dass sie
nach seinem Verhör über die Dinge gesprochen haben,
es ist ihm vom SSD verboten worden.
gez. A.M.

Pritzier, den 1.3.60

Heute wurde G. von seinem Bruder aufgesucht. Auch dieser sagte ihm, dass er wegen seiner Flucht wohl erst mal ins Gefängnis käme, dies wird in seinem Wohnort so erzählt.

Heute war hier eine Aussprache mit der FDJ. Als G. wieder ins Zimmer kam, fragte ich ihn, was da so besprochen wurde. Seine Antwort: Immer der gleiche Mist.

ch sagte wieso. Er: Die sagen ja gar nicht die Wahrheit.

G. erzählte, dass der Jugendsprecher gesagt hätte, dass heute keiner mehr in die Armee aufgenommen wird, der nicht die 8. Klasse erreicht hat. Sein Bruder kommt aber in die Armee und hat nur die 6. Klasse erreicht.

Ich fragte ihn daraufhin, ob er in der Versammlung dazu Stellung bezogen hätte, und er sagte ja.

Ich habe bis heute also mit G. in einem Zimmer gelebt und bin zu der Überzeugung gekommen, dass G. über die Angaben, die er in West-Berlin gemacht hat, etwas dem Bauern- und Arbeiterstaat verschweigt.

Bin auch der Meinung, wenn man ihn hier länger festhält, dass man nicht die volle Wahrheit erfahren würde.

Was ich noch erwähnen möchte, ist, dass G. behauptet hat, wenn ihm was passiert, dass sein Bruder beim Grenzkommando die Knarre wegwerfen würde.

gez. A.M.

Schlussbericht Leutnant T.:

Schwerin, den 9.3.60

Am 15.2. wurde der Rückkehrer G. durch das VPKA Ludwigslust in das Aufnahmeheim Pritzier eingewiesen. Die am 1.3.60 durchgeführte Befragung ergab folgendes:

G. wurde am 18.5.59 gemeinsam mit einem gewissen F. nach West-Berlin flüchtig. Dort meldeten sich beide im Flüchtlingslager Berlin-Marienfelde. Nach der Anmeldung und Ausfüllung eines Fragebogens, in welchem er angab, dass er von 1956 bis 1958 Angehöriger der Bereitschaftspolizei in Alt Rehse war, durchlief er die amerikanische, englische und französische Sichtungsstelle. In der französischen Sichtungsstelle wurde er angeblich nur nach einem Oberleutnant und Major befragt.

Beim Amerikaner und Engländer wurden ihm angeblich nur Fragen über den Bau des Rostocker Ölhafens gestellt. Am darauffolgenden Tage wird G. in eine außerhalb des Objektes gelegene Villa des amerikanischen Geheimdienstes gebracht und nochmals über den Bau des Rostocker Ölhafens befragt. Er will nur angegeben haben, dass sich dort ein sogenannter Öldamm im Bau befindet. Technische Angaben will er hierüber nicht gemacht haben, desweiteren, dass dort die Arbeitsmoral unter den Arbeitern gut sei.

Vom englischen Geheimdienst wurde G. ebenfalls in einer Villa außerhalb des Objektes befragt. Seine Angaben hatten beim Engländer den gleichen Inhalt wie beim Amerikaner. G. ist nicht mehr in der Lage, nähere Angaben über die genannte Villa zu machen.

Nach ca. 8 Tagen Aufenthalt im Flüchtlingslager Berlin-Marienfelde wurde G. in das Jugendlager Sandbostel ausgeflogen und von dort nach Rheinland-Pfalz eingewiesen. Er war in Baden-Württemberg als Kraftfahrer und Schweißer tätig.

G. gibt an, dass er in West-Deutschland wegen einer Schlägerei zu 200 DM Geldstrafe und drei Jahren auf

Bewährung verurteilt wurde und in Berufung gegangen sei.

G. streitet entschieden ab, weitere Angaben bei den westlichen Geheimdienststellen gemacht zu haben, was jedoch unglaubhaft erscheint.

Es wäre angebracht, G. nach Einweisung in ein Arbeitsverhältnis weiterhin unter operativer Kontrolle zu halten.

gez. T., Leutnant

Trotzdem wurde Wolfgang verhaftet und keinem Arbeitsverhältnis zugeführt, weil sein Freund Edgar am 17. März 1960 beschlossen hatte, lieber seine eigene Haut zu retten und seinen Freund den Hunden zum Fraß vorzuwerfen.

KLAUS

> Die DDR war ein Unrechtsstaat, es gab keine unabhän-
> gige Gerichtsbarkeit, schon gar nicht ein Verfassungsge-
> richt. Dafür existierte Willkür, die das Land regierte.
> (Joachim Gauck am 9.10.2014 in Leipzig bei einem
> Festakt zur friedlichen Revolution in der DDR 1989)

Das Zuchthaus Bautzen I war schon damals wie eine Kleinstadt aufgebaut. Es gab eine Großküche, eine Bäckerei, ein
Lazarett, eine Wäscherei, eine Schneiderei, eine Schusterei,
eine Tischlerei, eine Schlosserei und ein Heizhaus.

Das Besondere an Bautzen I war, dass dieses Gefängnis
unter dem besonderen Augenmerk der Staatssicherheit stand
und dass bewusst politische Häftlinge mit Kriminellen zu-
sammengebracht wurden. Von daher war Bautzen I zu dieser
Zeit wie ein Sammelbecken. Die Mehrzahl waren Mörder,
Vergewaltiger und Diebe, außerdem einige abtrünnige Kom-
munisten und Republikflüchtige, so wie Wolfgang und Klaus.

Viele saßen schon über zehn Jahre hier. Manche erzählten vom Karnickelberg direkt neben dem Gefängnis, vom
Berg der tausend Toten, die nach den Erschießungen der sowjetischen Militärregierung dort begraben worden waren.

Wenn sie darüber sprachen, interessierten sich nur die politischen Häftlinge dafür. In den Augen der inhaftierten Mörder spielte es keine Rolle, ob dort Knochen von Menschen oder von Hunden lagen.

Als Wolfgang mit seinen zwei linken Schuhen wieder in der Zelle angekommen war, las Klaus in einer Zeitung. Es war zwar nur das *Neue Deutschland,* aber für Wolfgang war es wie Weihnachten, als Klaus ihn fragte: *Willst du auch was lesen? Wenn das Gehirn nicht beansprucht wird, wird man immer dümmer.* Das erste Mal konnte Wolfgang wieder lächeln. Er lächelte Klaus an, sagte *Vielen Dank* und streckte ihm die Hand entgegen, um ein Blatt aus einer älteren, abgegriffenen Zeitung entgegenzunehmen. Klaus bemerkte: *Du musst dich aber beeilen. Beim nächsten Kontrollgang nehmen die Wärter sie wieder mit.*

Wolfgang begann zu lesen. Nicht langsam, sondern rasend schnell streiften seine Augen über die Wörter, sodass ihm nicht nur vom Inhalt schwindelig wurde. Denn dort las er mit Erstaunen gleich auf der ersten Seite:

Wir bieten Land und Sicherheit: Die LPG »Wiljams« in Jesewitz, Kreis Eilenburg, ist bereit, westdeutschen Bauern, die Haus und Hof verloren haben, Arbeitsplätze und damit eine gesicherte Existenz als Genossenschaftsbauern zu bieten. Sie unterstützt damit die von Walter Ulbricht vor der Volkskammer ausgesprochene Bereitschaft der Regierung, den ruinierten westdeutschen Bauern in der DDR volle Bürgerrechte zu gewähren. ... (Neues Deutschland – Organ des Zentralkomitees der Sozialistischen Einheitspartei Deutschlands – Ausgabe vom 05.05.1960)

Irgendwann sagte Klaus, der unter dem festgeschraubten Tisch seine Schuhe bemerkt hatte: *Hast wohl was Schlimmes angestellt.* Und Wolfgang, der allmählich wieder Vertrauen schöpfte, erzählte Klaus seine ganze Geschichte. Wie sie ihn auf der Landstraße direkt vor dem Ortsschild aus dem Bus geholt und in ein Militärauto gezerrt hatten. Wie sie zu ihm sagten, dass einer, der wie er wieder zurückkam, das ja nicht freiwillig getan hätte. Dass mehr dahinterstecken musste.

Und schließlich war da noch sein Freund Edgar, der mit ihm nach West-Berlin gegangen war und der über ihn gelogen hatte, obwohl er sein Freund gewesen war. *Wolfgang ist schon immer gegen den Staat gewesen,* sagte Edgar vor Gericht großspurig aus. *Aufmüpfig und durch nichts zu belehren.* In Wahrheit war bei Edgar im Laufe der Zeit etwas angewachsen, das stärker war als jedes andere Gefühl. Er war neidisch auf Wolfgang, der es vom armen Flüchtlingsjungen zu etwas gebracht hatte. Edgar, angetrieben durch eine gefährliche Mischung aus Neid und Opportunismus, war ein Spiegelbild dieser Zeit und der noch kommenden. Er brachte es nicht fertig, im richtigen Moment einfach mal den Mund zu halten, vor allem, als die Offiziere ihm in Aussicht stellten, dass er dann straffrei ausgehen würde. Und so verriet Edgar seinen besten Freund, indem er ihnen Fantasiegeschichten auftischte. Um seinen Verrat zu kompensieren, versuchte er zu vergessen, dass Wolfgang sein Freund gewesen war.

Und Wolfgang wusste nun, dass er von jetzt an nie wieder einen richtigen Freund haben würde.

So wurde Wolfgang, nur weil er seine Mutter besuchen und bei ihr bleiben wollte, wegen angeblicher Spionage nach dem Strafrechtsergänzungsgesetz zu vier Jahren Zuchthausstrafe verurteilt. Denn sie glaubten ihm nicht, dass er nur ins Auffanglager der Alliierten gegangen war, um sich dort als Flüchtling anzumelden. Seine Verurteilung erfolgte am Bezirksgericht Neubrandenburg, weil er als Fahrer bei der Volkspolizei in Alt Rehse gearbeitet hatte, das genau zwischen Neubrandenburg und Neustrelitz liegt.

Wolfgangs Rolle bei der Gerichtsverhandlung bestand darin, vorformulierte Antworten gehorsam wiederzugeben. Keine richtige Verhandlung also, eher ein Theaterstück, in dem ein Abweichen vom Drehbuch nicht vorgesehen war. Der Vorsitzende Richter blätterte in den Akten. Der Staatsanwalt stellte keine Fragen an den Angeklagten, sondern gab nur den Inhalt der Verhöre wieder. In den Redepausen schaute er Wolfgang herablassend an und beendete schließlich sein Plädoyer, indem er ihm den Rücken zudrehte. Fast sah es so aus, als würde er gleich den Saal verlassen. Als er sich wieder zum Publikum wandte, verzog er sein Gesicht und murmelte zum Richter: *Es ist mir zuwider, mich mit solchen Subjekten zu befassen.* Er sagte es leise, aber Wolfgang und sein Pflichtanwalt, der erst ein paar Tage vor der Verhandlung erschienen war, konnten es hören. Wolfgang schaute den Anwalt neben ihm fragend an, aber der kritzelte nur weiter auf ein Blatt Papier. Als Wolfgang schließlich gefragt wurde, ob er schuldig sei, schwieg er. Jetzt beugte sich der Anwalt das erste Mal zu ihm herüber und sagte: *Im Prinzip hat das alles seine Ordnung hier.* Er sagte es zurückhaltend, leise, aber jeder im Saal konnte es hören.

Als Wolfgang das Urteil las, wurde er am Ende belehrt, dass kein Bürger es nötig habe, für imperialistische Geheimdienste zu arbeiten. *Denn jeder Bürger kann sich entsprechend*

seinen Fähigkeiten und seinem Leistungsvermögen eine Tätig-
keit in unserem Staat suchen, um ein Leben in Glück und
Wohlstand zu führen.

Wolfgang war zu dieser Zeit mit einundzwanzig Jahren der
jüngste Häftling in der Haftanstalt Bautzen I. Er kannte kaum
einen Menschen aus der Griesen Gegend, der ein Leben in
Glück und Wohlstand führte. Außer den Bauern vielleicht,
bevor sie enteignet worden waren, und dem Pastor, der zumindest nie einen unzufriedenen Eindruck machte.

Wolfgang hatte zwar nur die sechste Klasse beendet, aber
er war nicht dumm und nahm sich vor, sich nun mehr mit
Politik zu beschäftigen, als er es vorher getan hatte.

Mit seinem neuen, zehn Jahre älteren Zellenkameraden
hatte er wirklich Glück. Denn Klaus hatte sich schon lange
mit Politik beschäftigt, und er wäre nicht wieder zurückgekommen, wenn es mit seinem Ausreiseantrag in den Westen
geklappt hätte.

Obwohl Klaus Wolfgang alles erklärte und ihn an die
Hand nahm, dauerte es, bis Wolfgang sich an den Gefängnisalltag gewöhnte und die neue Haftordnung kannte. Der
Tagesablauf war immer gleich. Morgens Frühstück, an-
schließend der Morgenappell, arbeiten in der Werkstatt,
Mittagessen, eine halbe Stunde Freigang, wieder arbeiten in
der Werkstatt, Abendessen, dann wieder Zählappell.

Das Essen wurde im Gegensatz zur Untersuchungshaft in
der Gefängniskantine eingenommen. Wie beim Hofgang
wurden sie hierfür in mehrere Schichten eingeteilt und abbe-
rufen. Zum Essen hatte man maximal fünfzehn bis zwanzig
Minuten Zeit, danach kam die nächste Flut Häftlinge, die
sich das Essen mindestens genauso schnell einverleibten.

Werktags arbeiteten sie insgesamt zehn Stunden lang, am Samstag nur sechs. Das Sprechen war während der Arbeitsstunden und während des Freigangs untersagt. Beim Abmarsch zum Essen mussten die Häftlinge erst antreten und sich korrekt melden, bevor sie aus den Zellen geholt wurden: *Strafgefangener 9 Strich 27.*

Und das Wichtigste, was Wolfgang leider in den ersten Monaten oft vergaß: Immer wenn die Gefangenen einem Wächter begegneten, mussten sie sich ebenso melden wie beim Zählappell oder beim Abmarsch zum Essen.

Laut »Haftraumordnung« war es außerdem verboten, sich tagsüber auf die Matratzen zu legen. Und vor dem Schlafengehen mussten die Gefangenen ihre Kleidung in einem exakt gefalteten Päckchen auf den Stühlen ablegen.

Während der Nachtruhe musste das Gesicht zur Zellentür gerichtet sein, und die Hände hatten auf der Bettdecke zu liegen. War das nicht der Fall, so wurde man nachts aus dem Bett gezerrt und – wenn es gut lief – in Unterhose auf den Gang geschleift und nur angebrüllt. Wenn die Wärter schlechte Laune hatten oder man die falsche Wachmannschaft erwischt hatte, konnten es auch schon mal Schläge sein, mit denen man zurück in das Etagenbett geprügelt wurde.

Freizeit hatten die Gefangenen immer abends für eine Stunde nach sieben Uhr. Dann konnten sie Briefe schreiben oder Zeitung lesen. Aktuelle Zeitungen gab es nur, wenn keine brisanten Nachrichten drinstanden. Über die Kubakrise oder über den ersten Toten an der Berliner Mauer erfuhren Wolfgang und die anderen Häftlinge nie etwas.

Einmal in der Woche fand eine Vortragsveranstaltung statt, an der alle Häftlinge teilnehmen mussten. Meistens wurde über die Vorteile des Sozialismus referiert. Die Veranstaltungen hatten in Wahrheit viel mehr von einer Predigt und fanden tatsächlich in der Kirche statt, die wiederum schon lange nicht mehr als Kirche, sondern als Kultursaal für propagandistische Vorträge genutzt wurde. Die Häftlinge sagten »Rotlicht« zu diesen Veranstaltungen. Wer nicht erschien, der wurde dort hingeprügelt.

In der Jugendzeitschrift »Neues Leben« las Wolfgang am liebsten die Sportseiten und die Doppelseite mit Zeichnungen und Aphorismen. Aber auch hier war alles andere mehr oder weniger sozialistisch geprägt. Selbst harmlose Erzählungen kamen nicht ohne Belehrungen aus.

Erst wenn der Bummelant vor der ganzen Brigade
Rechenschaft zu geben hat, dann wird der Bummelant
sein falsches Verhalten begreifen und die Brigade ihn zu
einem Menschen erziehen, der an und mit der Brigade
wachsen wird.
(Zeitschrift Neues Leben 4/1963)

Die Zeichnungen in der Jugendzeitschrift liebte Wolfgang besonders. Denn oft war etwas dabei, worüber er nachdenken oder schmunzeln konnte. Zum Beispiel, wenn der Hausmeister mit seinem Besen über das Kombinat flog oder das Wildschwein im Pionierzelt schlief.

Das war besser als die Beschreibung der Wirklichkeit draußen vor dem Gefängnis. Fast surreal fühlte es sich an, als Wolfgang las, dass der Frühling jetzt da sei und es nun darauf ankomme, ihn in die Junggesellenstube zu locken, am besten mit einem Blumenbrett in Fensternähe, das man an Dederonschnüren auch mitten in den Raum hängen kann, vorausgesetzt, es bekommt genug Licht. In der Gefängniszelle reichte das Licht definitiv nicht. Trotzdem las Wolfgang weiter, weil er dadurch das Gefühl bekam, als stünde die Tür nach draußen sperrangelweit offen, auch wenn er noch jahrelang darauf warten musste.

Beharrlich warten auf das unbekannte Ende seiner Geschichte als Häftling, das war jetzt sein Weg zum Ziel. Der Zeitvertreib des Zeitunglesens half ihm dabei. Leider musste er die Zeitschriften nach kurzer Zeit wieder abgeben. Daher lernte er manche der Sprüche und Gedichte auswendig: *Wie immer der Ort, der erreicht werden soll, einer wird sein, der mehr will, einer wird sein, der die Unruhe trägt.* In Gedanken dichtete er weiter: *... einer wird sein, der wartet und alles bis zum entscheidenden Moment erträgt.*

Manchmal las Wolfgang auch zwischen den Zeilen, als müsse dort etwas stehen, das sich nur im Zwischenraum offenbarte. Eine Art Geheimnis, das man ganz einfach entschlüsseln konnte, wenn man den Code dazu besaß. Er las in den Zeitungen, skeptisch und ungeheuer gierig auf jedes neue Wort. Und manchmal, wenn er das Denken ganz vergaß und nur die Namenwörter las, kam er sich tatsächlich vor wie in einer Wartehalle und nicht wie in einem Gefängnis.

Er pickte die Worte aus der Zeitung wie Rosinen aus dem Kuchen. Er saß schweigend da und schrieb sie auf ein Blatt Papier. Jede Zeile ein neues Wort, in jeder Zeile eine neue Bedeutung, die aus dem Zusammenhang gerissen wurde.

Wenn er schon keinen Besitz mehr hatte, wollte er wenigstens Wörter sammeln. Manchmal ging eine eigenartige Schwingung von ihnen aus. Manchmal sprachen die Wörter wirklich zwischen den Zeilen. Und er las mit gestilltem Hunger:

Kühlhallen ...   Haarwurzeln ...   Sonnenfahne ...
Kraftfahrer ...   Beifahrer ...   Mitwisser ...
Papierfetzen ...   Erdsuppe ...   Volkspolizei ...
Schmerz ...   Taschenlampen ...   Lichtfleck ...
Stadtrand ...   Frauenstimme ...   Zu Hause ...

Nicht nur warten, sondern richtig arbeiten musste er auch. Schließlich sollten die Häftlinge wieder ins sozialistische Arbeitsleben integriert werden. Bis Wolfgang einem Arbeitskommando zugeteilt wurde, dauerte es allerdings ein paar Monate. Als es endlich so weit war, nahm sich Wolfgang vor, es allen zu zeigen, wie gut er arbeiten konnte.

Dabei bildete eine Gruppe von zwanzig Gefangenen ein Arbeitskommando. Den Kommandos stand immer ein Häftling als Brigadier vor. Meistens war dieser sogenannte Funktionshäftling ein Krimineller oder Mörder, der für den Vorarbeiterposten Vergünstigungen bekam, vor allem wenn er sogenannte »Erziehungsmaßnahmen« bei den politischen Häftlingen anwandte. Es dauerte nicht lange, da begriff auch Wolfgang: Ganz unten in der Knasthierarchie standen die Republikflüchtlinge und Spione, die noch schlimmer als die Mörder behandelt wurden.

Wolfgang hatte immerhin das Glück, gemeinsam mit Klaus in einem Kommando arbeiten zu dürfen. In dem volkseigenen Betrieb sortierten sie erst Druckknöpfe und stellten später elektrische Schaltungen und kleine Motoren her. Wolfgang lernte dort Elektroschweißen.

In den Anfangsjahren fiel im Winter in den Werkstätten, die im hinteren Teil des Gefängnisses lagen, oft die Heizung aus. Handschuhe gab es nicht. Manchmal wickelten sich die Gefangenen Handtücher und Plastiktüten um die Beine, um nicht vollkommen einzufrieren. Die Hände mussten frei bleiben. Das stand zwar nicht in der Haftordnung, aber es war so.

Die Mahlzeiten waren im Vergleich zu denen in der Untersuchungshaft Festmahle, auch wenn es teilweise Essensreste waren. In Blechnäpfen gab es morgens eine dünne Hafermehlsuppe oder Schwarzbrot, auch »Zementbrot« genannt. Mittags im Wechsel eine dünne Graupensuppe, in der man die Graupen an einer Hand abzählen konnte, oder Variationen von Kartoffeln, die meistens als gestreckter Kartoffelmatsch serviert wurden. Das einzige Vitaminhaltige waren die zerkochten Krautsuppen, die es nur am Wochenende gab. Abends gab es ebenfalls Schwarzbrot, diesmal mit Margarine und manchmal mit einer Scheibe Wurst, die so dünn war, dass man durch sie hindurchgucken konnte. Für Wolfgang war dies die ersten Monate eine Delikatesse, danach nicht mehr.

Für seine ersten Wertgutscheine, die er als Entgelt fürs Arbeiten bekam, kaufte er sich einen Apfel und ein winziges Stückchen Butter, das er fast zeremoniell über sein Brot strich. Jahrelang haben Klaus und Wolfgang von einem Butterbrot mit Honig geträumt.

ÜBERLEBEN

In die frisch verputzten Besucherräume mit den Telefonen kam Wolfgang nie. Die Behörden antworteten seiner Mutter und seinem Bruder Hermann, dass er jeglichen Besuch ablehne und sie daher auch keine Besuchserlaubnis ausstellen könnten. Wolfgang, der immer einen Anzug getragen hatte, wolle nicht, dass ihn irgendjemand in Sträflingskleidung sah. Seine Geschwister nicht und seine Mutter schon gar nicht.

Dafür schrieb er ihnen. Erlaubt war das Briefeschreiben einmal im Monat. Auch hierfür gab es einen Antrag und ein Normblatt mit zwanzig Zeilen. Mehr durfte man nicht schreiben. Weniger aber auch nicht. Und da Wolfgang nichts Positives zu berichten hatte, schrieb er nicht viele Briefe. Er tat das höchstens viermal im Jahr, entweder an seine Brüder oder an seine Mutter.

Immer wieder wurden seine wenigen Briefe beanstandet. Mal wegen Äußerungen gegen die Gerichte, ein anderes Mal, weil er Kritik an der Wehrpflicht äußerte. In einem Brief bezeichnete sich Wolfgang als politischen Strafgefangenen. Daraufhin musste er wieder ins Verhörzimmer und wurde belehrt: *So etwas gibt es bei uns nicht.* Manche seiner Briefe wurden geschwärzt, andere erst gar nicht durchgelassen. So wie der letzte Brief, den Wolfgang aus dem Gefängnis schreiben musste. Darauf stand eine Notiz mit Bleistift und mit anderer Schrift: *G. will nicht mehr schreiben.*

Im Brief schrieb er, dass es ihm nicht gut ging. Wenn er einen Spiegel gehabt hätte, wäre ihm aufgefallen, wie blass er geworden war.

Bautzen, im Juli 1963

Liebe Mutter und Geschwister!

Den mir vorgeschriebenen Brief schreibe ich euch nicht gerne, aber ich bin ja darauf angewiesen.

Aber für mich hat so ein Brief immer gewisse Reize. Die Briefe, die ich euch schreibe, gehen ja durch sehr viele Hände. Es gibt große, kleine und auch andere. Sowie gute und schlechte Menschen. Die schlechten sind doch die Mehrzahl. Gesundheitlich geht es mir nicht gerade gut. In den letzten vier Monaten habe ich fünf Kilo abgenommen.

So wie Du mir schreibst, bin ich wieder Onkel geworden. Im März 1960 warst Du noch keine Oma. Und jetzt bist Du es schon fünf Mal, da kannst Du wieder mal sehen, wie die Zeit vergeht.

Von den Geschwistern habe ich schon lange keine Post bekommen.

Was macht Friedrich und wie geht es ihm?

Bitte grüßt Friedrich und alle guten Menschen.

Wenn Du den Brief bekommst, sind es nur noch acht Monate.

Es grüßt Euch Wolfgang

Von nun an verschickte er nur noch die Urkunden, die er bekam, wenn er das Arbeitssoll übertroffen hatte, oder im Oktober 1963 für seine Gedichte.

Einmal im Vierteljahr bekam er von seiner Mutter ein Päckchen. Dem ersten Päckchen lag ein Anschreiben an den Gefängnisleiter bei:

Werter Herr Leiter,
Sie werden erstaunt sein, von einer fremden Frau ein
Schreiben zu bekommen. Ich möchte meinem Sohn gern
eine Freude machen und schicke ihm ein Päckchen. Nun
möchte ich Sie von ganzem Herzen bitten, es meinem
Sohn auszuhändigen. Ich bitte Sie recht herzlich,
erhören Sie eine Mutter, die das Letzte für ihren Sohn
hergibt.
Mit verbundenen Grüßen, Ihre Frau G.

Zur gleichen Zeit verschickte auch sein Bruder Hermann einen Brief, allerdings ohne Päckchen. Was Mutter und Sohn nicht wussten, war, dass man einen offiziellen Paketerlaubnisschein beantragen musste und mehr als ein Paket im Vierteljahr nicht genehmigt wurde. Sein Bruder Hermann schrieb:

Sehr geehrter Chef, möchte mal anfragen, ob es mir
gestattet ist, dass ich meinem Bruder ein Päckchen
zusenden darf, da ich es ihm zu Weihnachten und zu
seinem Geburtstag zugesagt habe. Bitte erfüllen Sie
meinen Wunsch, da ich ihm damit eine kleine Freude
bereiten möchte. Mit freundlichem Gruß

Die Antwort aus Bautzen kam prompt:

Werter Herr G., in Beantwortung Ihres Schreibens wird Ihnen mitgeteilt, dass Ihrem Wunsch um Übersendung eines Paketes an Ihren Bruder nicht entsprochen werden kann, da Ihr Bruder von seiner Mutter bereits ein Paket erhalten hat.
Bitte beantragen Sie das nächste Mal einen Paketerlaubnisschein.
Hochachtungsvoll, Oberleutnant der VB

Im März 1963, zwei Wochen nach seinem vierundzwanzigsten Geburtstag, bekam Wolfgang einmalig und ausnahmsweise sogar zwei Pakete ausgehändigt. Eines von Hermann und eines ohne Paketerlaubnisschein von seiner Mutter, die Folgendes dazu schrieb: *Da mein Sohn Geburtstag hatte, bitte ich um Nachsicht, wenn das etwas schwerer ist.*

Der Inhalt wurde natürlich kontrolliert und liest sich in den Akten wie folgt: 1 Pfund Butter, 1 Pfund Zucker, 2 Dosen Fisch, 1 Mettwurst, 1 Leberwurst, 3 Zitronen, 9 Äpfel, 1 gebratene Ente, 1 Tafel Schokolade, 1 Rührkuchen, 1 Packung Zwieback, 1 Kamm, 1 Zahnbürste mit Pasta, 1 Cremetube, 1 Füllhalter.

Wenn so wie fast jedes Mal ein selbst gebackener Kuchen drin war, zerstach der Wärter den Kuchen mit einer Gabel, um auszuschließen, dass Gegenstände darin versteckt wurden. Es war dann zwar kein Kuchen mehr, aber auf die Krümel freute sich Wolfgang trotzdem.

Diesmal bekam er sowohl den Kuchen als auch die Ente im Ganzen, worüber er sich freute wie ein Kind. Tränen lagen ihm in den Augen, und er wusste nicht, ob es wegen des

Inhalts war, weil die Ente und der Kuchen diesmal nicht zerpflückt worden waren oder weil seine Mutter und sein Bruder ihm wieder geschrieben hatten.

Gefangener 9 Strich 27, Sie haben Post. Nur Klaus war es, der ihm persönlich zum Geburtstag gratulierte.

> Von meiner lieben Mutter bekam ich
> so manchen lieben Brief
> Und hatte ich so manchen durchgedacht
> wird mir trotz meiner Härte
> so manchmal ganz weich ums Herz
> Die Mutter war's, die zu mir hielt
> Ich wusste es, wer sollt auch in der Not
> sonst zu mir halten, so teilten wir uns
> zu zweit die schweren Tage
> in mancher Trauer war sie bei mir
> und ich bei ihr nicht minder
> (von Wolfgang, wahrscheinlich 1964/65)

Spätestens seit der Untersuchungshaft hatte sich Wolfgang damit abgefunden, dass die Gefangenen keine Namen, sondern nur noch Nummern hatten. So hieß er in Bautzen nur *9 Strich 27*. Um der Namenlosigkeit etwas entgegenzusetzen, schrieb er immer mehr Gedichte. Daher war es auch eine der schlimmsten Strafen, wenn sie ihm Bleistift und Papier wegnahmen.

Einmal durfte er sogar an einem Wettbewerb teilnehmen, da man sowieso nicht glaubte, dass ein Häftling lesenswerte Gedichte schreiben könne. Als er dann aber tatsächlich den Wettbewerb gewann, wurde es ihm verboten, den Preis anzunehmen. Leider sind diese Gedichte verschollen. Es sind nur die übrig geblieben, die von den Mitarbeitern der Stasi beschlagnahmt wurden oder die er in den Jahren nach seiner Haft geschrieben hat.

> Die grauen Jahre geh'n dem Ende zu
> Dunkle Zellen graue Wände
> Und dazu stabile Türen
> Lernt ich kennen in den Jahren
> Gitterstäbe rund und eckig
> Ich weiß nicht, ob ich sie liebe oder hasse
> Denn in dieser abgeschlossenen Welt
> Lernt ich meine Freunde kennen
> Klein und machtlos sah ich sie vor mir
> Denn dunkle Zellen sollen ihre Stärke sein.
> (von Wolfgang, wahrscheinlich 1964/65)

Am 9. Mai 1963 bekam Wolfgang ein Sonderpaket für besonders gute Arbeit. Darin enthalten waren Artikel, die Häftlinge sonst im Gefängnisladen zusätzlich erwerben mussten: Tabak, Zigaretten, Schokolade, Seife, Kosmetikprodukte, Konservenbüchsen. Den Tabak und die Zigaretten verschenkte er an Klaus, den Rest behielt er selbst.

Mit der Zeit lernte Wolfgang auch, dass es wichtig war, nicht nur das Arbeitssoll zu übertreffen, sondern auch, sich nicht aufzulehnen und sich möglichst unauffällig zu verhalten. Klaus war da ein gutes Beispiel, der diese Erfahrung schon gemacht hatte und nun an ihn weitergab.

Außerdem erfuhr Wolfgang, warum Klaus anfangs so misstrauisch gewesen war. Denn man musste immer Angst haben, dass die Neuankömmlinge Spitzel waren, die dazu gebracht wurden, andere auszuhorchen. Deswegen traute Klaus sich auch nicht, in einer größeren Gruppe etwas Regimekritisches zu sagen. Ganz besonders schlimm aber war es, dass die nichtpolitischen Gefangenen Begünstigungen erhielten, wenn sie die »Politischen« bespitzelten oder verprügelten. Dann mussten sich die Wärter nicht die Finger schmutzig machen. Besonders den lebenslänglich Verurteilten kam es darauf an, ihren Lebensstandard aufzubessern und bei den Wärtern Bonuspunkte zu sammeln.

Auf der Krankenstation, die fast ein richtiges Krankenhaus in einem eigenen Gebäude war, bestanden die Ärzteschaft und das Hilfspersonal aus Häftlingen. Es gab nur einen Arzt und einen Sanitätsoffizier, die von draußen kamen. Den Sanitätsoffizier, der für die Medikamentenverwaltung zuständig war, nannten sie »Pillepaule« und den Arzt wegen seiner Glatze »Obenohne«. Auch den Wärtern gaben sie Spitznamen, da sie ihre richtigen Namen nicht erfuhren.

Klaus war besonders gut darin, Namen zu erfinden. Es gab das »Schiefmaul«, den »Gummibauch«, den »Kanonenstiefel« und den »»Schinderhannes«. Beim Schinderhannes hatte Wolfgang immer das Gefühl, dass gleich Blut rausläuft, wenn er zu sprechen anfängt. Da sagte man lieber nicht viel, wenn er zur Tür hereinkam.

Laut Krankenakte waren die Sanitäter in Bautzen über die Jahre seiner Inhaftierung gut mit Wolfgang beschäftigt: Sehnenscheidenentzündung, Furunkulose, rezidivierendes Nasenbluten, Schwellungen an der Stirn und am rechten Auge, Mittelohrentzündung, Wundeiterung an der rechten Großzehe mit Entstehung eines Überbeins, das schließlich auf der Krankenstation operiert werden musste. Dass Letzteres von den linken Schuhen kam und dass das Nasenbluten und die Schwellungen durch Schläge entstanden waren, liest man nirgendwo. Nur, dass er am 11. März 1961, ohne sich aufzufangen, über Schweißerschläuche direkt auf die Stirn gestürzt war.

Außer Gewalt gab es verschiedene andere Strafen, die individuell zugeschnitten waren. Es gab dann etwa keine Zeitungen mehr. Oder sie entzogen einem für eine Woche die Matratze. Mehrmals nahmen sie Wolfgang den Stift weg, weil er einen falschen Morgenappell gesprochen hatte. Wenn er daraufhin den Bezug der Knöpfe abpulte und mit ihnen zu schreiben versuchte, kam die nächste Stufe: kein Hofgang mehr für ihn.

Belohnungen gab es auch. Sie wurden als Vergünstigungen bei einwandfreier Führung, Disziplin und Arbeitsleistung gewährt. Das bedeutete zum Beispiel extra Paketempfang oder verlängerten Hofgang. Vor allem wegen Letzterem strengte sich Wolfgang an, nicht aufzufallen und schneller zu arbeiten als andere.

Einmal jedoch kam er in eine Arrestzelle, weil er offen rebelliert hatte. Im Winter war in der Werkstatt wieder einmal die Heizung ausgefallen. Trotzdem mussten sie weiterarbeiten und die Druckknöpfe sortieren. Mit kalten Fingern, die sich anfühlten, als ob sie fast abfielen. Als Klaus, der neben Wolfgang saß, die Druckknöpfe hinunterfielen und der Wärter ihm eine Ohrfeige gab, war es mit Wolfgangs Stillschweigen vorbei. Er rückte seinen Hocker zur Seite und stand auf. *Sie können uns nicht in dieser Kälte arbeiten lassen. Das ist Schikane!*, rief er. Sein Atem produzierte Nebelwolken in der feuchten und gleichzeitig klirrenden Kälte.

Ohne zu zögern, schlug ihm Schinderhannes, der Wärter, mit der Faust direkt ins Gesicht. Wolfgangs Kopf schleuderte zur Seite, und zurück blieb ein stechender Schmerz oberhalb seines rechten Auges, das sich wie aufgeplatzt anfühlte. Er kollabierte und hörte nur noch die schweren Stiefeltritte von

Kanonenstiefel und Schinderhannes, die ihn über den Flur und eine Treppe runter schleiften. Mit jeder Stufe wurde der modrige Geruch penetranter. Die Welt unter Bautzen I war noch schlimmer. Eine echte Unterwelt. Die Zellen lagen dort in einem Keller unter dem Schlamm, auf dem die Häftlinge im Freiganghof spazieren gingen.

Sie steckten Wolfgang einundzwanzig Tage in Einzelhaft, in Unterwäsche in den höchstens fünf Quadratmeter großen Karzer, der auch Tigerkäfig genannt wurde und in dem man eine Mischung aus Dunkelhaft und Nahrungsentzug bekam.

Die ersten drei Tage gab es nichts zu essen und auch weder Strohsack noch Decke zum Schlafen. Dann kam ein »guter« Tag mit zwei Mahlzeiten und Strohsack, danach wieder zwei schlechte ohne Mahlzeit.

Für die Notdurft musste Wolfgang in der Dunkelheit nach einem Kübel suchen. Zu den Mahlzeiten und ansonsten ziemlich unregelmäßig wurde das Licht angemacht. Um sich überhaupt noch wie ein Mensch zu fühlen, begann er erst leise und dann immer lautere Selbstgespräche:

Licht an, Licht aus.
Leise und laut.
Kurz und lang.
Gehen, hassen, schweigen.
Gegen das Schweigen.
Eins, zwei, drei, vier, fünf.
Schon wieder fünf.
Zwei, vier, sechs, sieben.
Keine Null.
Ich hab einen Strohsack und einen Kübel.
Und ich hab mich.

Klopfen, Schritte, Quietschen.
Gegen das Schweigen.
Eins zwei drei vier fünf.
Schon wieder.
Klopfen.
Zu essen gibt es nichts.
Aber ich hab einen Strohsack und einen Kübel.
Und ich hab mich.

In der Arrestzelle hatte jedes Geräusch seine eigene Geschichte. Wolfgang versuchte, jeden Laut in der Stille zu ergreifen und die Geschichten der Geräusche groß werden zu lassen. Aus klitzekleinen Geräuschen wurden erst Gedanken und schließlich Worte.

Indem er sie in die Stille hinein aussprach, wurden Worte zu Spuren. Aber die Spuren hielten nicht stand. Wie Fußabdrücke im Sand wurden sie von der nächsten Flut wieder weggespült. Denn er konnte die Worte nicht aufschreiben, nur aussprechen, wie ein Schauspieler in einem Theater ohne Licht.

Das Schlimmste aber war die Kälte, die ihn verstummen ließ, weil er am ganzen Körper zu zittern begann. Bei minus 15 Grad Celsius Außentemperatur hockte er halb nackt in der Zelle und konnte schließlich nichts mehr sagen und nichts mehr denken.

Es war jetzt beinahe totenstill, und er hörte nur noch ein bedrohliches Rauschen, von dem er nicht wusste, woher es kam. Dass in totaler Dunkelheit die Augen schmerzten, kannte er schon. Dass auch die Ohren schmerzen konnten, das kannte er noch nicht. Denn seine Ohren waren die einzigen Zeugen in dieser extremen Empfindlichkeit.

Länger als einundzwanzig Tage wegsperren durften sie ihn nicht. Auch das war in der Haftordnung vorgeschrieben. Danach war er kuriert. Er war ausgehungert und konnte nicht mehr richtig laufen.

Als er wieder in seine Zelle kam und Klaus seine Lektion wiederholte: *Man muss mit dem Strom schwimmen, sonst hat man hier die Hölle auf Erden,* winkte Wolfgang nur ab. Er hatte in der Unterwelt genug Zeit gehabt, um diesen Rat zu verinnerlichen, und er beschloss, sich nie wieder gegen irgendetwas aufzulehnen.

Als Opfer fühlte sich Wolfgang seltsamerweise nie. Auch wenn die Demütigungen durch seine Unterordnung nicht völlig aufhörten. Denn was er schon in seiner Einzelzelle begonnen hatte, rettete ihn über die Schikanen und die Eintönigkeit des Gefängnisalltages hinweg: Er machte Sport, und zwar im Freiganghof.

Eigentlich war es kein Hof, weshalb er unter den Häftlingen auch nur »Schweinebunker« genannt wurde. Der Schweinebunker bestand aus vier Meter hohen Mauern, die oben mit Stacheldraht umgeben waren. Von einem Wachturm aus wurden die Häftlinge während des Freigangs von einem Offizier mit Kalaschnikow beobachtet. Von dort hatte man einen weiten Blick über die Gefängnismauern und die angrenzenden Felder. Wenn man jedoch unten stand und nach oben schaute, sah man nur Mauern und ein rechteckiges Stück vom sächsischen Himmel.

Die Wachmannschaft war streng darauf bedacht, dass die Strafgefangenen nicht miteinander sprachen, nachdem das Kommando *Ablaufen* oder *Einlaufen* ertönte. Verstöße gegen das Redeverbot während der Freistunde hatten den sofortigen Abbruch des Hofgangs zur Folge. *Ablaufen* bedeutete dabei *Raus aus der Zelle – rein in den Schweinebunker*, und beim *Einlaufen* war es genau umgekehrt.

Am Anfang durfte Wolfgang nur alleine in einen der kleineren Freiganghöfe. Die rechteckigen Betonkäfige ohne Dach waren gerade mal 2,2 mal 7 Meter groß. In der Mitte stand eine karge weiße Bank, auf die man sich jedoch nicht setzen durfte. Dieses Verbot kam Wolfgang sehr entgegen. Denn er liebte es, im Kreis zu gehen, manchmal auch ein bisschen schneller, was für ein Glück!

Und so perfektionierte er seine dreißig Minuten Freigang am Tag, indem er während des vorgeschriebenen Gehens Gymnastik machte und, wenn er sich unbeobachtet fühlte, fast lief. Als er später mit anderen Gefangenen im Gleichschritt gehen musste, gefiel ihm das nicht mehr so gut. Er musste einen Meter Abstand zum Vordermann einhalten und konnte nicht mehr in seinem Tempo laufen.

In seinem ersten Herbst entdeckte Wolfgang, dass im großen Gefängnishof Kastanien- und Lindenbäume stehen mussten. Von den kleinen Freiganghöfen aus konnte er sie nicht sehen, aber manchmal blies der Herbstwind ein welkes Blatt in den Schweinebunker.

Besonders schön war es, wenn im Winter Schnee fiel und er warme Winterschuhe anziehen durfte. Wolfgang ging dann mit den warmen Schuhen durch einen Vorhang aus Schneeflocken. In diesen Schuhen tat ihm auch sein rechter Fuß nicht mehr so weh, und er genoss den Moment, der in seiner Schönheit für ihn mehr als nur ein kalter Wintertag war.

Manchmal gab es sogar richtiges Schneetreiben. Dann lag der Schnee wie Puderzucker in den Freiganghöfen. Nicht auf einem weiten Feld inmitten der Natur, sondern in einem viereckigen Hof, der vollkommen weiß ausgefüllt war. Ein vierzehn Quadratmeter großer Eisschrank, aus dem niemand entfliehen konnte.

Wenn es richtig kalt war, bildeten sich Eiszapfen am Stacheldraht oben auf den Mauern, die den Hof umgrenzten. Sie hingen dann wie lange Messerspitzen herunter, und Wolfgang ertappte sich bei dem Gedanken, was wohl passierte, wenn sie herunterfielen und er sich bücken würde, um einen davon aufzuheben. Würde der Wachhabende dann auf ihn schießen, weil er nun einen spitzen Gegenstand in der Hand hielt?

Wolfgang ahnte, dass seine mit den Jahren anwachsende Ausdauer nicht damit zusammenhing, wie anstrengend etwas war, sondern wie anstrengend er es empfand. Die Gedanken flohen dann in die Vergangenheit, zu seiner Kindheit, den Kinderstreichen und zu seiner Mutter. Für seine Mutter waren es nur *Flausen im Kopf* gewesen, als er als Bub in der Schule am Bild von Walter Ulbricht, genau auf dessen Nase, die neuen Reißzwecken ausprobierte, auch wenn ihn das für den Lehrer bereits verdächtig machte.

Schließlich dachte Wolfgang auch an seine Jugendjahre, die mit der Verhaftung ein jähes Ende fanden. Gerade mal zwanzig war er geworden, als er in den Westen ging. Und einundzwanzig, als er verhaftet wurde. Jetzt konnte er seinen ältesten Bruder Hans verstehen, der beginnend mit der Flucht aus Schlesien auch schon früh erwachsen werden musste.

Wenn er nach dem Freigang wieder in die Zelle musste, spürte er den stickigen Geruch im Gefängnis besonders. Im Sommer stank es mörderisch, zumal immer mehr Aborttrichter versagten und die Toilettenkübel auch nicht besser waren.

Hinzu kamen die eigenen Ausdünstungen. Duschen durften sie maximal sieben Minuten. Rasieren und Haare schneiden einmal im Monat. Dann gab es auch frische Unterwäsche. Wolfgang hasste seinen eigenen Gestank. Noch in Freiheit würgte es ihn, sobald er an das Gefängnis, an seinen eigenen Geruch und den Geruch der Toilettenkübel dachte, die Klaus oder er einmal am Tag in der Kübelzelle entleeren mussten.

ENTLASSUNG

Ein Jahr vor Wolfgangs offiziellem Haftende wurde Klaus entlassen. Zum Abschied sagte Klaus zu ihm: *Vergiss nie, was sie uns angetan haben.*

Während er das sagte, lagen sie sich in den Armen und weinten. Es waren die ersten Tränen seit Jahren, die Wolfgang dabei aus den Augen strömten. Auf einmal schüttelte es ihn, als wenn er nie mehr aufhören könnte. *Wolfgang, lass gut sein*, lenkte Klaus ein. *Wir schreiben uns doch. Egal, was passiert. Wir schreiben uns. Hast du gehört?* Wolfgang nickte unter Tränen. Er war froh, dass nur Klaus ihn so sah.

Als der letzte Zählappell sich näherte und das Donnern der Türen immer näher an ihre Zelle herankam, beschworen sie ihre Freundschaft, und sie beschworen, nichts zu vergessen. Verzeihen kam sowieso nicht infrage.

Nachdem Klaus entlassen war, bemühte sich Wolfgang, noch besser zu arbeiten und noch unauffälliger zu sein, um seinen Fehler durch seine Arbeitskraft wiedergutzumachen. So nämlich hatte er es bei Haftantritt handschriftlich formulieren sollen.

Zu seinem neuen Zellenkameraden baute er keine richtige Beziehung mehr auf, da er in weniger als einem Jahr bereits entlassen werden sollte. Wenn man schon drei Jahre abgesessen hatte, war ein Jahr nicht mehr lang, sondern ziemlich absehbar. Jetzt arbeitete Wolfgang nur noch darauf hin, wegen guter Führung vielleicht vor Weihnachten gehen zu können, was ihm auch gelang. Aus ihm war ein vorbildlicher Häftling geworden. Endlich ging ihm als Verwahrraumältester auch der Zählappell fehlerfrei über die Lippen. Mit Stolz kommentierte der Wärter: *Gut haste dich gemacht.* Das war das einzige Lob, das Wolfgang während seiner vier Jahre im Gefängnis hörte. Er wusste nicht, ob er darüber lachen oder weinen sollte.

Wer die Würde eines anderen Menschen verletzt, verletzt auch seine eigene. Das dachte er nur, aber er sprach es nie aus. Wie einen Satz, den man nur im Schutz der Dunkelheit spricht. Eine Art Geheimcode, der woanders ausgesprochen keine Missbilligung oder gar Strafe nach sich gezogen hätte.

Während Wolfgang sich änderte und immer stiller wurde, blieb in Bautzen alles beim Alten. Die schlechten Menschen überwogen. Diese Sichtweise auf seine Wärter änderte er auch dann nicht, als er zum Ende seiner Inhaftierung immer mehr Prämien von 10 Ostmark für überdurchschnittlich gute Arbeit erhielt. Und obwohl er sein letztes Paket fast pünktlich und nicht erst zwei Monate später bekam und die darin befindliche gebratene Ente nicht auseinandergenommen wurde.

Er las das »Neue Deutschland« und die Jugendzeitschrift »Neues Leben«, aber er glaubte nicht daran.

Im April 1962 erhielt er noch folgende Beurteilung:

G. zeigt nicht die Führung und Arbeitsleistung, die eine vorfristige Haftentlassung bekräftigen. Bei G. ist der Strafzweck als nicht erreicht anzusehen. G. muss in der Arbeit sowie in der Disziplin besser werden.

… Antrag auf Anwendung vorzeitiger Entlassung wird bei besserer Führung und Arbeitsleistung für Januar 1963 vorgeschlagen.

Im November 1962 sah es schon besser aus:

Seine bisherige Führung und Disziplin war zufriedenstellend. Er fügte sich in die Gemeinschaft der Mitgefangenen wohl ein, zeigt sich jedoch teilweise vorlaut, was mit auf sein Alter zurückzuführen ist. Charakterlich ist er offen und ehrlich. Dieses zeigt sich mit darin, dass er bei Aussprachen seine Fehler offen zugibt und auch nicht versucht zu leugnen.

Als Spitzendreher zeigte er eine durchschnittliche Normerfüllung von 115 Prozent und konnte im August 1961 mit 10 Ostmark und im Juli 1962 mit 4 Ostmark prämiert werden.

Am Tagesgeschehen zeigt er sich interessiert. […]

Er liest die Junge Welt und aus den mit ihm geführten Gesprächen ist zu erkennen, dass er sich über die Tagesereignisse informiert.

Obwohl genannter eine positive Entwicklung zeigte, wird zurzeit eine bedingte Strafaussetzung abgelehnt.

Wo Wolfgang es 1962 nicht geschafft hatte, sie vom Gegenteil zu überzeugen, schaffte er es dafür ein Jahr später:

Zu seiner strafbaren Handlung bekennt sich G. schuldig und ist der Meinung, dass er noch milde verurteilt wurde. [...] Als Spitzendreher hatte er eine durchschnittliche Normerfüllung von 175 Prozent. [...] Der Strafzweck bei dem Gefangenen G. wird als erreicht angesehen.

Wieder einmal dauerte es mehrere Monate, bis die Staatsanwaltschaft das jüngste Gnadengesuch seiner Mutter und den Antrag aus Bautzen bearbeitet hatte und er schließlich völlig überraschend vier Tage vor Weihnachten vorzeitig aus der Haft entlassen wurde:

Die Mutter des Verurteilten (der Vater ist im 2. Weltkrieg gefallen) wandte sich bereits in mehreren Eingaben auf vorzeitige Haftentlassung ihres Sohnes an die hiesige Dienststelle. Sie ist als Brigadierin einer Forstarbeiterbrigade im Kreis Ludwigslust tätig und hat seinerzeit sehr eindringlich auf ihren Sohn eingewirkt, dass er in die Deutsche Demokratische Republik zurückkehrte. Es wird eine Strafaussetzung befürwortet.

Von nun an war Wolfgang frei, auch wenn er sich gar nicht so fühlte.

Am 20. Dezember 1963, zwei Wochen vor seinem vierundzwanzigsten Geburtstag, verließ Wolfgang Bautzen I. Bis zum Tag seiner Entlassung hatte er nichts davon gewusst. Dass etwas anders war, ahnte er erst, als er am Vormittag nach dem Morgenappell auf der Zelle bleiben sollte und nicht zur Arbeit gehen durfte. Schinderhannes holte ihn aus der Zelle und verabschiedete ihn mit den Worten: *Leg dich nicht mit uns an. Wir finden dich überall.*

Er führte ihn zur Kleiderkammer. Dort bekam er seine Kleidung. Das Einzige, was auf Anhieb passte, waren die Schuhe.

Nachdem er sich umgezogen hatte, passierte er den Gang unter der Kirche hindurch und ging über den Hof bis zur Schleuse. Das Haupttor schloss sich knarrend hinter ihm. Wolfgang hatte nichts dabei, keinen Koffer und keine Umhängetasche. Seine Entlassungspapiere, seinen Arbeitslohn von 400 Ostmark und eine Fahrkarte hatte er sich in die Hosentasche gesteckt. Er trug nun genau denselben Anzug und die Schuhe, die er bei seiner Festnahme am Leib getragen hatte. Die Schuhe waren wie neu, nur ein bisschen staubig, weshalb er sie mit seinen Ärmeln polierte, als er draußen vor dem Gefängnistor stand.

Befreiend war im ersten Moment nicht, dass er aus dem Gefängnis entlassen war, sondern dass er endlich ein Paar passende Schuhe anhatte und sich die Zehen seines rechten Fußes wieder ausbreiten konnten. Als er die ersten Schritte ging, spürte er, wie weit ihm sein Anzug geworden war.

Zum Fenster konnte ich rausschauen,
das war der einzige Blick in die Natur
Gitter, Schloss und Riegel trennten uns,
doch mein Blick und die Gedanken
gingen mit, mit der Natur

Tag für Tag, wenn ich raus sah,
fallen Blätter auch in Farben
Blätter flogen durcheinander
in der Freiheit wild umher

Doch einmal kommt auch für mich
die Stunde, wo Schloss und Riegel für mich knarren
und ich trete in die Freiheit
nach der ich mich sehnte jahrelang
(von Wolfgang, wahrscheinlich 1964/65)

Niemand holte ihn ab. Denn keiner wusste, dass er entlassen
worden war. Wenigstens hatte ihm einer der Wärter gesagt,
welchen Weg er zum Bahnhof nehmen musste. Er ging über
sandige Gehwege bis zur breiteren Ringstraße, an heruntergekommenen Gebäuden und nach und nach an großen Villen vorbei. Genau genommen ging Wolfgang nicht, er rannte
den langen Weg zum Bahnhof und setzte sich in einen Zug,
in den erstbesten, der nach Westen fuhr, weil er nur wegwollte, nur weg von dort.

Während er auf dem Bahnsteig wartete und ihn die anderen Wartenden von der Seite aus beäugten, schaute er sich
sein Entlassungszeugnis an. Dort stand: *Seine Arbeitsleistun-
gen waren gut. Er war sehr willig und stets hilfsbereit.*

Ganz anders sah die Landschaft aus, die während der
Zugfahrt an ihm vorüberstrich. Nicht so wie die endlosen
Kiefernwälder zu Hause. Schneebedeckte Hügel, lang gezo-
gene Bergrücken und schroffe Felsen wechselten sich im
Vorbeifliegen ab. Nur die Häuser waren genauso kaputt und
marode.

In Dresden musste er umsteigen. Der nächste Zug fuhr
erst in einer Stunde. Er ging vor den Bahnhof und kam sich
in seinem zerknitterten Anzug vor wie aus der Zeit gefallen.
Während Familien in Erwartung des Festes fröhlich plauder-
ten, schaute er ernst in den strahlend blauen Himmel. Glätte
breitete sich auf dem Bahnhofsvorplatz aus. Kinder rutsch-

ten kreischend über gefrorene Pfützen. Um seinen Hals wickelte sich der sächsische Wind.

Während die Menschen aus dem Bahnhof eilten, ging er zögernd hinaus und blieb schließlich stehen. Er roch den Fluss, die Elbe, so stark, dass ihm fast ein wenig übel wurde. Und noch viel mehr, was er seit Jahren nicht mehr gerochen hatte, drang auf ihn ein und versetzte seine Lungen in Aufruhr. Der Geruch von Kohlenstaub, der Gestank des Vogelkots auf dem Vorplatz. Der Geruch von frischem Brot, der Wind, der von den Elbauen her wehte. Wenn er weiterging, konnte er richtig nah an die Elbe kommen. Aber dann musste er sich beeilen, um seinen Zug zu erwischen. Er entschied sich dagegen. Denn noch stärker als danach, die Elbe zu sehen, die gen Westen fließt, sehnte er sich nach dem Duft von Kiefern und warmem Holz auf dem Häckselplatz im Wald bei Alt Jabel.

Während er seinen Gedanken nachhing, steckte ihm jemand von hinten etwas in seine Anzugtasche. Erschrocken griff er hinein. Etwas Weiches berührte seine Hand. Das, was er fand, war eine dunkelblaue Strickmütze. Offensichtlich wollte ihm irgendjemand helfen. Wolfgang war überrascht und gerührt. Er versuchte den, der ihm die Mütze zugesteckt hatte, in der Menge auszumachen. Sein Blick streifte vergeblich umher. Zu viele Menschen liefen auf dem Bahnhofsvorplatz ins vierte Adventswochenende hinein. Fast jeder hatte eine Mütze auf dem Kopf. Und alle außer ihm hatten eine Jacke oder einen Mantel an. Erst jetzt wurde Wolfgang bewusst, wie kalt es war.

An der Haltestelle vor dem Ortsschild von Alt Jabel stieg er aus, ohne dass sie ihn diesmal ins Militärauto zerrten. Er fuhr nicht bis ins Dorf hinein, sondern ging durch die schneebedeckte Landschaft zum Häckselplatz im Wald, wo er seine Mutter bei der Arbeit überraschen wollte.

Die Waldarbeiter arbeiteten auch im Winter, der diesmal nicht so streng war wie der letzte, und schälten gerade die Rinde von den Bäumen. In der Kälte dampften die nackten Stämme wie die Eingeweide eines Tieres. Ob durch den Schweiß der Arbeiter oder durch ihre eigene Wärme konnte Wolfgang nicht sagen.

Es fröstelte ihn, bis er seine Mutter sah, die wie ein Kerl mit Einteiler, Wollschal und Mütze zwischen den Männern arbeitete. Ein Strahlen erhellte ihr Gesicht. Erstaunt beobachteten die Männer, wie sie ihrem Sohn, dem Zuchthäusler, entgegenging.

Wolfgang war fast ein bisschen enttäuscht. Er hatte sich ausgemalt, dass seine Freude überwiegen würde. Aber nun stand er da mit seinem Anzug mitten im Wald und wusste nur, dass das Leid bis hierher unendlich groß gewesen war.

Die Mutter ist alt und grau geworden
Sorgen, die meine Geschwister und ich ihr machten,
waren nicht klein,
sie findet man in ihren Gesichtszügen
und in ihrem grauen Haar,
gekennzeichnet von Ausdauer, Kraft und Härte.
(von Wolfgang, wahrscheinlich 1964/65)

Plötzlich begannen Wolfgangs Beine zu laufen. Der Schnee knirschte unter seinen Füßen. Es klang fast wie ein Echo des Waldes, als der verlorene Sohn seine Mutter umarmte und in die Baumkronen hineinrief: *Ich bin wieder da, Mutter.* Und Meta, die nicht damit gerechnet hatte, dass ihr Sohn noch vor Weihnachten nach Hause käme, weinte ihm vor Freude in den Anzug.

Es waren die ersten Tränen seit Langem, und auch Wolfgang fing an zu weinen, bis er sich auf einmal etwas erschrocken aus der Umarmung löste. *Du musst doch nicht weinen,* flüsterte er ihr zu. Und da alle alten Wunden wieder aufbrachen, flüsterte sie genauso leise und hilflos zurück: *Wolfgang, bitte vergib mir. Es tut mir so unendlich leid.* Wolfgang, der vor Kälte zitterte, spürte, wie einer der Arbeiter von hinten eine Decke um ihn legte. Er schloss die Augen und versank in diesem lange herbeigesehnten Moment. Er war frei! Er wünschte sich, dass die Zeit stehen blieb und dieser Augenblick niemals aufhörte.

Erst als er neben seiner Mutter durch den Wald und die aufrechten Stämme der Kiefern nach Hause ging, wurde sein Pulsschlag wieder etwas ruhiger. Er musste lange darüber nachdenken, dass seine Mutter, die nie religiös gewesen war, nun zu ihm sagte: *Manchmal ist der liebe Gott doch zu Hause.*

Zwei ganze kostbare Tage lagen vor ihnen. Erst am 23. Dezember musste Wolfgang sich in Rostock bei der Abteilung für innere Angelegenheiten melden und am 10. Januar bei der Volkspolizei in Güstrow. Trotzdem wussten Mutter und Sohn, dass noch nicht alles vorbei war. Fast vier Jahre Gefängnis lagen hinter ihm. Aber drei Jahre Bewährung warteten noch auf ihn.

ELBE 511

Jahr für Jahr sitze ich auf der anderen Seite im Westen und schaue nach Osten. Dort drüben, jenseits der Elbe, laufen keine Menschen. Es sitzt auch niemand auf dem Deich, dem man zuwinken könnte. Denn auf den Deich oder bis zum Fluss hinunter dürfen sie nicht. Kein ostdeutsches Kind hat je Kieselsteine auf der Elbe hüpfen sehen. Das denke ich, während ich in das ehemalige Niemandsland schaue, das für mich immer vertrauter wird.

Der Ausflug an die Elbe, den meine Eltern jedes Jahr im Frühjahr mit mir und meinem Bruder machen, ist für mich als Kind aufregend. Die Elbe ist im Frühjahr sehr breit, sodass ich mir kaum vorstellen kann, dass man von der anderen Seite aus hinüberschwimmen kann. Auch als Erwachsene ist dieser Besuch noch etwas Besonderes für mich.

Als ich älter werde und mein Bruder nicht mehr mitkommt, setze ich mich oft alleine auf den oberen Rand des Deiches und beobachte das Land gegenüber. Es ist menschenleer. Ein einsames Gehöft steht unweit des Flusses. Weiter südlich bei Dömitz trotzt die direkt in der Mitte gesprengte Brücke wie ein Mahnmal.

Wenn ich zurückblicke, ist es kein Zufall, dass wir anlässlich meines bestandenen Abiturs ausgerechnet hierherfahren und Bilder fürs Fotoalbum machen. Mein Vater, ein kräftiger Mann Anfang fünfzig, schlendert am ehemaligen Gasthof in Landsatz vorbei bis auf den Deich. Auf den Elbwiesen grasen die Graugänse. Wir wackeln hinterher und posieren für Fotos, auf denen man die Elbe, aber keine Grenze sieht. Auf den Bildern ich allein, ich mit meinen Eltern, mein Vater und ich. In seinem Gesicht Stolz, der den Schmerz verdrängt.

An der Elbe ist mir mein Vater am nächsten. Er sitzt neben mir und wirft seine Angel aus. Und obwohl er noch nichts gefangen hat, ist er glücklich. Denn er sitzt jetzt auf der *anderen* Seite, eine Tatsache, die auch ohne Fisch an der Angel pures Glück für ihn bedeutet. Während ich ungeschickt die Schnur durch die Ringe einer Angel fädele, scheint mein Vater mehr zum Wasser zu gehören als zu mir.

Mein Vater bewegt seine Angel immer ein wenig flussaufwärts, sodass der Schwimmer nicht von der Strömung abgetrieben wird. Ab und zu verhakt sich die Schnur. Er lässt sie von der Rolle gleiten und zieht sie behutsam wieder zu sich heran, als gehöre er wie das Schilf und der Anglerpfad zur Landschaft. Wenn er die Schnur frei bekommt und das Gestrüpp vom Haken löst, ist er ein Teil dieses Bildes, das ich mir vom Elbufer mache. Erneut schwingt er die Angel, und die Schnur fliegt weit nach vorne. Jeder Wurf scheint mir ein bisschen länger, als ob er seine Angel ans andere Ufer werfen will. Und jedes Mal muss er noch mehr aufpassen, damit ihm der Schwimmer nicht weggleitet und nicht mehr zu sehen ist.

Wenn ich meinem Vater beim Angeln zusehe, frage ich mich, ob er dasselbe denkt wie ich. Dass alles in den Fluss gelangt und durch den Fluss in das Meer. Ich spreche es aber nicht aus. Denn beim Angeln spricht man nicht. Man hört nur dem Gurgeln des Flusses zu und lauscht seiner alten Melodie, die so wie mein Vater auch fast nichts preisgibt.

Die wenigen Fische, die er fängt, unterteilt er nach Alter und Größe. Die Kleinen kommen wieder in den Fluss, die Großen in den Eimer neben ihm. Wenn ihm ein Fisch entwischt, wirft er die Angel erneut ins Wasser, ohne zu spüren, dass sein Rücken vom stetigen Auswerfen und Ziehen schon längst zu schmerzen angefangen hat.

Du kannst Kekse haben, sagt er ab und zu, und er klingt dabei wie eine Schallplatte, die einen Sprung hat. Immer wenn er aufsteht, weiß ich, dass er einen Fisch an der Angel haben muss. Konzentriert führt er die Angelschnur zurück in den Fluss, dessen unsichtbare Strömung keiner so gut kennt wie er.

Während ich auf die sanften Wellen der Elbe schaue, denke ich an den Text, den ich mit Mitte zwanzig geschrieben habe: *Ich glaube nicht, dass jeder Mensch sein Schicksal in sich trägt. Ich glaube, du trägst es vor dir her, und wenn du willst, lässt du es fallen und fängst zu leben an.*

Ich denke daran, dass man vielleicht einen Gedanken über Generationen hinweg weiterspinnen kann. Dass sich Gedanken vererben, genauso wie die Farbe der Augen und der Haare. Das Leid vererbt sich genau wie der Trost und das Glück. Aber immer wenn ich an der Elbe sitze, bin ich mir gewiss, dass es nicht das Leid ist, sondern das Glück, das in den nächsten Generationen weiterleben wird.

Am Ende des Tages laufen wir den Anglerpfad zurück. Er geht vor, und ich laufe hinterher. Die Spitze seiner Angel tanzt dabei auf und ab. Ich laufe, weil ich mich beeilen muss. Denn immer wieder bleibe ich stehen und schaue zurück auf den Strom, der mich nach all den Jahren immer noch fasziniert.

Auf dem Deich lösen sich seine Hände vom Eimer, und er zeigt mir nicht, von wo er rübergeschwommen, sondern wo er angekommen ist. Ich schaue seinem Zeigefinger hinterher und behalte beides im Blick: meinen Vater mit seiner Angel und das mäandernde Flussufer, das sich bis in meine Träume schlängelt.

Die Elbe ist der Ort, an dem nicht alles, aber vieles begann, was für mich wichtig war. Ein Ort, der mich mit meinem Vater auch nach seinem Tod verbindet. Mit dem, was er riskiert hat. Mit dem, was er trotz aller Lügen über sich selbst ausgehalten hat. Hier versöhne ich mich mit ihm, den ich nie ganz verstehen konnte, weil er immer einen unsichtbaren Rucksack auf dem Rücken trug. Eine Last, die ihn manchmal am Leben hinderte und die ihn nicht immer so werden ließ, wie er gerne sein wollte.

Vermutlich bin ich auch deswegen so gerne hier, weil seine Flucht über die Elbe das Einzige war, über das er ausführlich mit mir sprach. Er sprach nicht viel über seine Haft in Bautzen, über die Elbe, die Natur und das Wasser aber schon.

Ich muss an das Gedicht denken, das ich auf seiner Beerdigung vorgetragen habe. Es handelt von Bäumen, Singvögeln, Sandwegen und Flüssen. Und dass selbst der kleinste Kieselstein etwas Besonderes ist.

Wenn ich an meinen Vater denke, kann ich verstehen, warum er die Natur und das weite Land liebte. Denn zu lange durfte er nur einmal am Tag für dreißig Minuten in einem schmalen Gang an die frische Luft. Dort blieb vom Himmel nur ein blauer Kasten zwischen Mauern und Stacheldraht.

Es ist das Jahr 2019. Die Wiedervereinigung jährt sich

zum dreißigsten Mal. Ich sitze nun auf der anderen Elbseite in Rüterberg, unweit eines Wachturms, in dem man eine Ferienwohnung mieten kann. Die gesprengte Brücke ist abgerissen und neu gebaut worden. Am ehemaligen Grenzzaun wachsen Beete mit Grünkohl und Kapuzinerkresse. Die einzigen Lebewesen, die die Elbe schon immer ungehindert passieren durften, tun dies auch heute. Schwäne schwimmen ans Ufer und bilden kleine Wellen, während sie ihre Flügel aufplustern, um davonzufliegen.

Dort, wo einst eine alte Ziegelei stand, sieht man zwischen der Uferböschung und den Kiefern eine Schneise, die sich immer noch vor dem Wald entlangwindet. An manchen Bäumen kann man die Einkerbungen der Hundelaufanlagen sehen, die vor allem den Rüterbergern gefährlich wurden, wenn sie im Wald Pilze suchen wollten.

Inzwischen ist die Uferschneise von Heidegras überwuchert. Man kann fast nicht mehr erahnen, dass hier einmal Menschen am Werk waren. Damals, im Jahr 1961, als unter dem Tarnnamen »Aktion Festigung« die Grundstücke eingeebnet und die Grenzanlagen ausgebaut wurden. Dies hier ist eine der letzten Narben einer Grenze, die Deutschland fast vierzig Jahre lang geteilt hat.

Vom Deich aus betrachte ich die Steine, die zertrampelten Pfade zum Ufer und stelle mir vor, wie sich mein Vater in der Dunkelheit hier entlanggeschlichen hat. Ich sehe die ersten Knospen, die fröhlichen Boten des Frühlings und vergesse für einen Moment, dass mein Vater im Oktober und nicht im Frühling über die Elbe geschwommen ist.

Der Tag heute fühlt sich leicht an. Ich sehe meinen Vater, wie er mir noch vor wenigen Jahren die Reste eines über drei Meter hohen Zauns zeigt, der später anstelle der »Spanischen

Reiter« dort aufgestellt wurde, und einen Gedenkstein, der wie ein Findling vor dem Zaunstück liegt. Ich stelle mir vor, wie kalt es gewesen sein muss, als er mit bloßen Händen über den meterhohen, gerollten Stacheldraht geklettert ist. Ich könnte noch nicht einmal bei warmem Wetter diesen Zaun hinüberklettern, geschweige denn über den schon im Mittelalter erfundenen »Spanischen Reiter«, eine Barriere aus 1,5 Meter langen, X-förmig zusammengebundenen und angespitzten Stangen, die mit Stacheldraht umwickelt waren.

Ich laufe zum Ufer herunter. Ich streife die Büsche, ich rieche den Frühling. Mir pfeift der Wind nicht um die Ohren, kein Regen peitscht mir ins Gesicht. Ich gehe nicht ins Wasser, sondern bleibe stehen. Genau an der Stelle, an der er weitergegangen ist. Und auf einmal kommt mir ein Gedanke, den ich nicht wegwischen kann und der so klar ist wie der blaue Himmel über dem wiedervereinigten Streifen Elbe: Vielleicht fing für meinen Vater genau hier sein Leben erst richtig an.

DIE FLUCHT

Nach seiner Entlassung musste Wolfgang unterschreiben, dass er nur an einem bestimmten Ort, im Motoren-Instandsetzungswerk Güstrow, als Elektroschweißer arbeiten und seine Mutter nicht ohne Genehmigung besuchen durfte.

Wenn er am Wochenende nach Hause zu Mutter und den Geschwistern kam, putzte er und räumte überall auf. Jede Schublade sortierte er neu, wie wenn alles nur eine Ordnung, nämlich die seine, haben durfte. Er räumte aber nicht nur auf, sondern wurde auch ganz verrückt, wenn die Türen geschlossen waren. Außerdem musste nachts immer ein kleines Licht anbleiben. Sonst konnte er nicht schlafen.

Seine Mutter dachte daran, wie einfach es war, als er noch nicht im Gefängnis gewesen war. Da hatte er nur geputzt, aber nicht so besessen aufgeräumt. Da reichte es ihm aus, wenn er nach dem Fußballspielen in der Küche sitzen konnte und den Rest des Huhns aus dem Ofen in sich hineinschob. Momente kleinen Glücks waren das, wenn ihr Lieblingssohn gesättigt neben ihr saß. Nach Bautzen war alles anders. Die kleinen Kiesel des Glücks wurden von schweren Steinen erdrückt. Wolfgang drückte seiner Mutter nur noch die Hand und umarmte sie nicht mehr.

Schließlich beschloss er, einen Antrag zu stellen. Er wollte gerne bei seiner Mutter in Alt Jabel wohnen und dort arbeiten. Für einen Moment konnte er sich sogar vorstellen, in der DDR zu bleiben, wenn er zu Hause bei seiner Mutter und den beiden noch dort verbliebenen Geschwistern in der Zweizimmerwohnung leben konnte.

Sein Antrag wurde abgelehnt, obwohl er schon eine Arbeit in der Nähe von Alt Jabel gefunden hatte. Stattdessen musste er sich jede Woche bei der Polizei melden.

Im Betrieb in Güstrow wurde er schief angesehen. Er erhielt keine Wettbewerbsprämien und durfte auch keine Schweißer-Prüfung ablegen. Es hieß, er müsse sich auf Arbeit erst noch eingewöhnen. Schikane war das, wusste Wolfgang, der Autoritäten gegenüber mit der Zeit immer misstrauischer wurde und der auch mitbekam, dass er auf der Arbeit überwacht wurde. Schon bald wusste er: *Ich hau wieder ab.* Denn nun saß er zwar nicht mehr im Gefängnis, aber er fühlte sich immer noch eingesperrt, weil er nicht dort sein durfte, wo sein Herz zu Hause war.

Und so war es kein Wunder, dass Wolfgang zu dieser Zeit Hans Falladas Buch »Wer einmal aus dem Blechnapf frisst« las. Wie die Hauptperson in dem Buch konnte auch er sein Gefängnisleben nicht mit der Gefängniskluft abstreifen. Es blieb an ihm haften, und die Vorurteile begleiteten ihn wie eine unsichtbare Fußfessel, die ihn am Leben hinderte. Zehn Monate später floh er über die Elbe.

So wie schon im Gefängnis bemühte er sich, auch in seinem neuen Leben nicht aufzufallen. Er meldete sich regelmäßig bei der Volkspolizei, ging vorschriftsmäßig zur Arbeit, die ihm zugeteilt wurde, und es schien, dass er integriert war.

Zwei Monate vor seiner Flucht lernte er eine achtzehnjährige junge Frau kennen, die sich als Lehrling der Fernmeldetechnik zusammen mit ihrem Vater im Sperrgebiet an der Elbe aufhalten durfte, weil ihr Vater als politisch zuverlässig galt. Er verliebte sich in sie.

Nur seine Schwester Renate wusste von seinen Fluchtplänen. Eigentlich war sie es, die mit ihm über die Elbe schwimmen wollte. Aber sie bekam Angst. Wolfgangs Freundin entschied sich erst am Nachmittag vor der Flucht, anstelle von Renate mitzukommen. Nur leider konnte Helga nicht schwimmen. Am Abend des 18. Oktober 1964 begann die Flucht. Wolfgang und Helga trafen sich an der Straße der Jugend, fuhren mit ihren Fahrrädern am Ortseingang von Woosmer in Richtung Wehingen, weiter über die Felder, durch ein stillgelegtes Torfmoor und schließlich in den nahe gelegenen Wald. Dort fand später ein Traktorist aus Heiddorf einen karierten Anorak und zwei Fahrräder.

Auch heute noch besteht der Wald östlich der Elbe vor allem aus Nadelbäumen, die so dicht nebeneinanderstehen, dass sie den Blick ins Waldinnere fast unmöglich machen. Je weiter Wolfgang und Helga in den Wald gingen, desto mehr Kleidungsstücke zogen sie aus. Sie ließen sie einfach im Wald liegen und kamen erst nach mehreren Stunden Fußmarsch im Waldgebiet vor Rüterberg an. Helga kannte sich dort aus, was in der beginnenden Dunkelheit ein großer Vorteil war.

An der Westgrenze der DDR werden Minen gelegt, ordentliche Minenfelder geschaffen. Wer das Bedürfnis hat, sich den Hals zu brechen, kann solche Versuche anstellen.
(Walter Ulbricht, 1961)

Rüterberg lag am Elbufer auf einer Art vorgelagerten Land-zunge mitten im Grenzgebiet. Es war ein Dorf am südlichs-ten Zipfel von Mecklenburg-Vorpommern und so nah an der Demarkationslinie, dass die ostdeutsche Staatsmacht es am liebsten zum Verschwinden gebracht hätte. Viele nicht lini-entreue Familien mussten daher im Jahr 1952 im Zuge der »Aktion Ungeziefer« binnen Stunden ihr Zuhause räumen und wurden ins Hinterland umgesiedelt. Mithilfe von Spit-zeln hatte die Stasi die Listen umzusiedelnder Personen zu-sammengestellt.

Im Grenzgebiet unerwünscht waren nicht nur Bürger mit Westkontakten und politisch Unzuverlässige, sondern auch Kirchgänger und RIAS-Hörer. Die Entscheidung, welche Fa-milien vertrieben wurden, war für die Zurückgebliebenen in Rüterberg nicht nachzuvollziehen. Zwei Ziegelei- und ein Sägereibesitzer sowie die Betreiberin des Kaufmannsladens wurden komplett enteignet und mit ihren Familien davon-gejagt.

Wer in das Dorf hineinwollte, musste vorne an der Land-straßenkreuzung und am Ortseingang den bewaffneten Grenzsoldaten seinen Ausweis zeigen. Wolfgangs Freundin wusste, wie man durch den Wald gehen musste und an wel-chen Stellen man am besten ins Dorf kam. Am nächsten kam man den Grenzbefestigungen an der Elbe, wenn man direkt bis an die Ziegelei ging.

Hinter der Ziegelei am Übergang zum Hafen befand sich ein Schuppen, in dem die Feuerlöschgeräte untergebracht waren. Rechts und links davon waren kleine Drahtverhaue, die sich mühelos zur Seite schieben ließen. Da das Gelände nicht beleuchtet war, wurden sie vom Grenzposten im Turm nicht gesehen.

Nachdem sie in der Dunkelheit über die Spanischen Reiter geklettert waren und sich die Hände und den Oberkörper am Stacheldraht aufgeschürft hatten, schlichen sie durch das Gebüsch ans Ufer und warteten. Sie saßen auf einer Buhne unten am Hafen und hatten fast alle Kleidungsstücke ausgezogen. Wolfgang trug nur noch einen Damengymnastikanzug. Seine Papiere steckten in einer Plastikhülle darunter. Nun achteten sie nur noch auf den Rhythmus der Scheinwerfer und auf den Rhythmus der Grenzsoldaten, die am Elbufer Patrouille gingen. Als sie zusammen auf der Buhne hockten, dachte Wolfgang: Vielleicht geht es ja leichter als das, was vorher war.

Von der Ferne aus müssen sie wie zwei Grenzsteine ausgesehen haben. Tief gebückt hockten sie am Ufer zwischen Büschen und Schilf und warteten auf den Moment, der alles verändern würde.

Protokoll zu den geführten Ermittlungen zum Grenzdurchbruch:

Ludwigslust, den 20.10.1964
Rechts neben dem Hafen auf der dort befindlichen Buhne wurden folgende Kleidungsstücke gefunden:
1 grau karierter Anzug
1 Paar schwarze Herrenhalbschuhe Gr. 43
1 Kamm
1 Pullover dunkelgrau
1 Damennietenhose

Als sie am 511. Streckenkilometer der Elbe lautlos ins Wasser glitten, hielten sie sich an den Händen, um sich nicht zu verlieren. Das erste Mal in seinem Leben schwamm Wolfgang mit und nicht gegen den Strom. Denn er wusste, dass die Elbe in den Westen fließt.

Das, was Wolfgang am meisten Sorgen machte, waren nicht die Grenzsoldaten, sondern die Tatsache, dass Helga wirklich nicht schwimmen konnte, sondern nur unbeholfen neben ihm her paddelte. Dicht nebeneinander bewegten sie sich in dieselbe Richtung, aber bald wussten sie nicht mehr, in welche. *Hauptsache, mit dem Strom schwimmen, dann trägt uns die Strömung automatisch auf das andere Ufer zu,* hatte er Helga vor dem Eintauchen gesagt. Aber Helga war sich da nicht mehr so sicher. Die Strömung nahm immer mehr zu, das Paddeln verbrauchte viel zu viel Kraft, und die Strecke war um ein Vielfaches länger als die paar Meter, die sie zusammen im Freibad geschwommen waren.

Nach einigen Minuten glitt das zuckende Licht der Scheinwerfer übers Wasser. Als sie das Knallen von Gewehrschüssen hörten, wussten sie, dass man sie entdeckt hatte. Sie mussten untertauchen, auch wenn es eisig kalt war und sie keine Luft bekamen. Wolfgang drückte Helga immer wieder unters Wasser. Eine gefühlte Unendlichkeit lang nichts als dunkles Nass um sie herum.

Seitdem er im Gefängnis gewesen war, hatte Wolfgang keine Angst zu sterben. Alles war besser, als wieder im Gefängnis zu landen.

Während er durch das nächtliche Wasser schwamm, konzentrierte er sich nur auf die gedachte Linie vor ihm, die unsichtbare Grenze. Helga schleppte er, fast ohne es zu bemerken, erst neben und dann hinter sich her. Wie in Trance schwammen sie auch dann noch, als sie längst wieder Boden unter ihren Füßen hatten. Erst im Schilf richteten sie sich auf und begannen so schnell sie konnten zu laufen. Sie trauten sich noch nicht einmal, tief einzuatmen, und husteten erst hinter dem Deich das Wasser aus ihren Lungen heraus. Aus lauter Angst, vom anderen Ufer aus gehört zu werden, hielten sie sich dabei die Hände vor den Mund.

Es muss gegen elf Uhr abends gewesen sein, als sie sich einem Lichtpunkt näherten. Eine Gaststätte, in der noch Licht brannte. Das Haus war verfallen, genauso wie die Häuser in der DDR. Als sie die Gaststube betraten, war sich Wolfgang nicht mehr sicher, ob sie in die richtige Richtung geschwommen waren. Misstrauische Gesichter ausgemergelter Bauern glotzten ihnen entgegen. Waren sie hier wirklich richtig? *Wir kommen von drüben*, sagte Wolfgang knapp und ging in die Küche, wo er um ein Handtuch bat und vor den erstaunten Augen der Köchin den Gymnastikanzug auszog und sich abtrocknete. Als Wolfgang im Handtuch eingewickelt auf der Küchenbank saß und der Wirt die Bundespolizei angerufen hatte, legte er den Arm um seine zitternde Freundin und flüsterte ihr zu: *Wir sind angekommen.* Vor lauter Erschöpfung kamen ihm keine Tränen.

Als Wolfgang dort saß und sich und Helga im Arm hielt, war er für einen kostbaren Moment der Held seiner eigenen Geschichte.

Nachdem Wolfgang geflohen war, wurde 1967 das Schlupfloch in Rüterberg geschlossen. Rüterberg wurde eingezäunt und war seitdem zweiundzwanzig Jahre lang durch drei Meter hohe Metallgitterzäune, Stacheldraht und Beton von der Außenwelt abgeschnitten.

1971 legte man auch den Hafen und die Ziegelei still,

nachdem immer mehr DDR-Bürger versucht hatten, die Elbe nach Landsatz zu überqueren. Die Elbwiesen waren für die Bewohner tabu. Nur mit Genehmigung durch die Grenzpolizei durften sie für landwirtschaftliche Arbeiten betreten werden. Bereits das Rufen über die Elbe konnte als Verbrechen ausgelegt werden.

BRIEFE

Am Samstag, einen Tag vor seiner Flucht, hatte Wolfgang noch einmal ein Foto im schicken Anzug beim Fotografen in Lübtheen machen lassen. Dieses Foto hing nun im Schaufenster des Fotogeschäfts in Lübtheen. So wie damals vor mehr als fünf Jahren, bevor er nach Westdeutschland gegangen war.

Und da es sich wie ein Lauffeuer verbreitete, dass er geflohen war, kamen viele Menschen zu dem kleinen Laden, um Wolfgang anzusehen. Seine Geschwister standen stolz und gerührt am Schaufenster, bis schließlich seine Mutter auftauchte und Abzüge kaufte. So war er wenigstens noch ein bisschen bei ihnen, auch wenn die Volkspolizei alle Briefe, die er aus Westdeutschland schickte, beschlagnahmte.

Lüchow, den 22.10.64
    Liebe Mutter und Geschwister!
    Zuerst möchte ich euch aufs Herzlichste begrüßen, gesundheitlich geht es mir gut, dasselbe ich von euch hoffe.Mein Husarenstück ist mir ja geglückt.
    Das Schöne bei der Sache, es hat keiner etwas von der Sache gewusst.

Eins hoffe ich, dass meine Geschwister dafür Verständnis aufbringen.

Ich und Helga sind gesund und munter. Helga geht nach Hamburg, wo ich mich nach circa sechs Wochen auch aufhalten beziehungsweise wohnen werde.

Renate müsste nach Güstrow fahren und meine ganzen Sachen holen! Die Miete ist für Oktober bezahlt. Und seid bitte so gut, schickt mir die Sachen, die ich brauche. Renate wird sich schon einen Rat wissen. Sämtliche Bilder mit Rahmen, die zwei neuen Anzüge, Oberhemden sowie Taschentücher, Handtücher, Bügeleisen, zwei Paar Schuhe und die Sandaletten. Ich brauche es vorläufig alles. Die Decke, die in meinem Zimmer vor der Tür hängt, ist auch meine. Krawatte nicht vergessen. Sonst macht euch keine Sorgen. In drei Monaten geht's mir besser.

Es grüßt Euch Wolfgang.

Als er auf den ersten Brief keine Antwort bekam, schrieb er erneut nach Hause:

Lüchow, den 1.11.64

Liebe Mutter und Geschwister!

Vor circa zehn Tagen habe ich Euch einen Brief geschrieben und hätte meines Erachtens schon längst Antwort haben müssen, der Brief ist sicher gar nicht angekommen. Vielleicht habe ich diesmal Glück. Zuerst möchte ich Euch aufs Herzlichste begrüßen. Gesundheitlich geht es mir gut, dasselbe ich von Euch hoffe.

Sowie Euch schon bekannt sein wird, ist mir mein Husarenstück gelungen. Es ist ja nun gleich, wo ich von vorne anfange. Da ich ja nicht weiß, ob ihr meinen Brief empfangen habt, muss ich noch einmal alles schreiben. Eins steht fest. Ich habe diesen Schritt nicht verkehrt gemacht, ein freier Mensch war ich auf keinen Fall. Da es ja nun mal so ist, müssen meine Sachen aus Güstrow geholt werden. Am besten ist es, wenn dies Renate tut. Die Decke, die vor der Tür hängt, ist auch meine. Die Schnur für das Bügeleisen hat meine Wirtin. Ich selbst könnte zurzeit ein paar Sachen gebrauchen. Die zwei neuen Anzüge, zwei Paar Schuhe, die zum Schnüren, Hemden, Taschentücher, Unterwäsche, Handtücher, das Bügeleisen und so weiter. Renate wird schon das Richtige finden. Die Bilder mit Rahmen möchte ich auch haben. Was übrig bleibt, gehört meinem Bruder Walter.

Um eins möchte ich euch bitten. Macht Euch bitte keine Sorgen. Ihr wisst, wer ich bin, und kennt mich besser als alle, die der Sache negativ entgegensehen. Was gibt es denn Neues, seitdem ich von Euch weg bin? Was sagen die Leute dazu? Es wird bestimmt viele geben, die mich verstehen. Es gibt bestimmt sehr viele Leute, die darüber sprechen. Meine lieben Geschwister sollen sich freuen, denn ich bin nach meiner Meinung vom Pech verfolgt gewesen, aber wir wollen hoffen, dass eine Änderung eintrifft. Der Sache sehe ich positiv entgegen, weil ich ja ein Mensch bin, der Schwierigkeiten überwinden kann. Am 28.11. fliege ich von hier ab.

Für heute möchte ich schließen, es hätte alles nicht so sein brauchen. Wenn die Behörden in Güstrow nicht so stur gewesen wären. Denn diese Leute kennen mich. Ich kenne sie aber auch.

Ich könnte Euch mehr schreiben, aber es nützt jetzt ja nichts. Habt Ihr jetzt schon eine Wohnung, hier gibt es genug.
Grüßt bitte alle Bekannten und Freunde.
Euch selbst grüße ich nochmals.
Wolfgang
Hat Helga schon ihren Eltern geschrieben?

Jahrzehnte später traf mein Vater in West-Berlin einen ehemaligen Grenzer auf einer der Baustellen, auf denen er nun arbeitete. Schnell kamen sie ins Gespräch. Da sagte der Grenzer zu ihm: *Ach, du bist das also. Wegen solchen Idioten wie dir mussten wir Wochenendarbeit machen und einen zweiten Zaun errichten.*

HELGA

Das erste Mal sah Wolfgang die Elbe am Streckenkilometer 511 am Abend seiner Flucht. In der Dämmerung konnte er nicht viel erkennen, außer dass die Wasseroberfläche verheißungsvoll schimmerte. Er musste alle Vernunft zusammennehmen, um nicht zu früh ins Wasser zu gleiten. Bevor es komplett dunkel wurde und sie wirklich niemand mehr sehen konnte.

Schließlich sprach er zu seiner Freundin mit derselben Höflichkeit wie damals im Tanzlokal, als er sie zum Tanzen aufgefordert hatte. Diesmal fragte er nicht: *Darf ich dich zum Tanz bitten,* sondern: *Möchtest du mit mir über die Elbe schwimmen?* Und Helga, die genau deswegen, wegen seiner ganz besonderen Art, so verliebt in ihn war, sagte ohne zu zögern *Ja.*

Bei Wolfgang wusste sie, dass er nicht so war wie die anderen jungen Männer aus den Dörfern. Man konnte sich hundertprozentig auf ihn verlassen. Auch deswegen war Helga mit ihm mitgekommen. Weil sie sich sicher war, dass er sie heil dort rüberbringen würde.

Wenn Wolfgang seine Mutter besucht hatte, und das tat er ziemlich oft, war er meistens auch ins Tanzlokal nach

Tewswoos gegangen. Sein Bruder Hans saß meistens hinten auf dem Fahrrad und gönnte Wolfgang seine neue Freiheit. Jetzt hatte er endlich jemanden, der ihn nach Hause fahren konnte, wenn er wieder einmal sturzbetrunken aus dem Tanzlokal stolperte. Wolfgang trank seit dem Gefängnis nicht mehr. Dafür hatte er einen Schlag bei den Mädchen. Und wenn Hans mit Wolfgang zum Tanzen ging, hatte auf einmal auch er echte Chancen, nicht nur am Rand der Tanzfläche zu stehen.

Denn Wolfgang war charmant, höflich und dann auch noch ziemlich gut aussehend in seinem West-Anzug, den er nach seiner Entlassung wieder mitbekommen hatte. Abgesehen von seinem Anzug hatte er nichts anderes zum Anziehen außer den abgelegten Klamotten von Hans. Der bewunderte seinen Bruder, weil er trotz der langen Haft nicht gebrochen war. Seine anderen Brüder und er selbst hingegen waren es schon. Das hatte aber nichts damit zu tun, dass Wolfgang eingesperrt gewesen war und die Stasi seine Familie drangsalierte. Es hatte eher etwas mit den Lebensumständen zu tun, die einem auf dem Land die Hoffnung nehmen konnten.

Seine Brüder waren alle, außer Walter und Hans, verlobt oder verheiratet und hatten auch alle eine Arbeit. Aber es gab nicht immer etwas zum Arbeiten. Wenn das Material zur Neige ging und kein Nachschub kam, saßen sie oft tagelang nutzlos im volkseigenen Betrieb, ohne etwas tun zu können. Dafür hatten sie dann den Alkohol, von dem es immer Nachschub gab und mit dem sie ihren Frust und ihre Langeweile herunterspülen konnten.

Wolfgang mochte Hans. Sein ältester Bruder hatte während der Flucht aus Schlesien immer auf seine Geschwister aufgepasst und war auch später der verlässliche Ersatz für den vermissten Vater gewesen. Wenn Hans mit ihm zum Tanzen ging, fühlte sich Wolfgang wieder angenommen, obwohl er wusste, dass das nicht von Dauer sein würde. Er würde die Heimat erneut verlassen, und er wusste auch, dass er dann kein zweites Mal zurückkommen würde. Deswegen war es am Anfang für Wolfgang auch nur ein Amüsement, ein Zeitvertreib, wenn er tanzen ging und sich bewundern ließ. Bis er Helga traf. Denn das änderte alles.

Was die Mädchen aus den umliegenden Dörfern zu Wolfgang hinzog, war auch die Neugierde. Sie witterten Abenteuer: ein ehemaliger West-Spion, ein gut aussehender noch dazu. Die jungen Männer der umliegenden Dörfer respektierten Wolfgang zwar, aber akzeptierten es nicht, dass er ihnen womöglich die Mädels ausspannte. Alles andere interessierte sie hier auf dem Dorf nur wenig. Politik war nur eine Sache unter vielen.

Wenn es zu Streit und kleineren Schlägereien kam, in denen Hans seinem Bruder beistand, war es daher nicht aus politischen Gründen, sondern wegen der Mädchen, bis die anderen merkten, dass Wolfgang ohnehin nur Augen für eine, nämlich für Helga, hatte.

Manchmal nahm Wolfgang auch seine Schwester Renate zum Tanzen mit, aber eigentlich ungern, weil er sich dann instinktiv, so wie es sich für einen Bruder gehörte, nur um sie kümmerte. Sie sagte dann: *Auf mich musst du nicht aufpassen. Mit diesen Mitläufern komme ich schon ganz gut allein zurecht.*

Seitdem Wolfgang im Gefängnis saß, hatte sie ihre ganz eigene Strategie der Bewältigung entwickelt. Äußerlich schien sie regimetreu, aber innerlich zweifelte sie zunehmend an den Vorgaben des Staates. Das lag nicht nur daran, dass sie nach der Verurteilung von Wolfgang nicht studieren durfte, sondern vor allem an ihrer Gabe, andere Menschen ganz genau zu beobachten.

Renate kannte auch Edgar, der Wolfgang verpfiffen hatte und von dem sie nicht viel hielt, weil er in ihren Augen schon immer ein Lügner und Heuchler gewesen war. Alle anderen betrachtete sie mit den Maßstäben ihrer eigenen Lupe, die ihren Bruder als Maß der Dinge hatte. Deswegen hatte sie oft keine Lust, wenn Wolfgang sie zum Tanzen mitnehmen wollte, weil eigentlich keiner der Jungs für sie infrage kam. Als Wolfgang ihr von seinen Fluchtplänen erzählt hatte, kam Renate gar nicht mehr mit, weil sie nun darauf hoffte, in den Westen zu fliehen und dort ein neues Leben aufzubauen zu können.

Aber Renate war auch ängstlich. Je mehr sie zu Hause blieb, umso ängstlicher wurde sie. Und nachdem sie ihren zukünftigen Mann kennengelernt hatte, steigerte sich ihre Angst ins Bodenlose. Irgendwann fragte sie Wolfgang auch nicht mehr: *Nimmst du mich mit,* sondern nur noch: *Wann geht es los,* und irgendwann: *Wann gehst du?* Da wusste Wolfgang instinktiv, dass er jetzt Helga fragen musste: *Darf ich dir das Schwimmen beibringen?*

Helga kannte Wolfgang schon seit ihrer gemeinsamen Schulzeit. Zwar nur von Weitem, aber schon damals schwärmte sie für ihn, der so wie sie keine Anstalten machte, den Sozialismus zu retten oder an Massenveranstaltungen zur Feier des Sozialismus teilzunehmen. Ganz zum Leidwesen ihres Vaters, der zwar kein hundertprozentiger Sozialist, aber dagegen war, dass sich seine Tochter mit einem potenziellen Klassenfeind einließ, weil er dadurch die Existenz seines kleinen Handwerksbetriebs gefährdet sah. Eine Heirat kam für Helgas Eltern sowieso nicht infrage.

Es muss schlimm für dich gewesen sein, sagte Helga zu Wolfgang. Wolfgang nickte wie jedes Mal, wenn sie mit ihm über seine Zeit in Bautzen sprechen wollte, nur stumm vor sich hin. Als Wolfgangs Schwester Helga an einem Sonntag im Oktober zuflüsterte, dass er an diesem Tag über die Elbe schwimmen würde, war ihr bewusst, dass die Flucht ihren Grund in seiner Gefängnisstrafe hatte, über die er nicht sprechen konnte. Und sie verstand auch, dass es in seinem Naturell lag, sich nicht wie die anderen zu verbiegen oder anzupassen.

Genau deswegen liebte sie ihn. Das, was sie nicht an ihm liebte, diese manchmal plötzlich aus ihm herausbrechende Wut, ignorierte sie. Helga stellte sich dann vor, wie sie in Bautzen mit ihm umgegangen waren. Und auf einmal fiel ihr wie Schuppen von den Augen, warum er ihr plötzlich das Schwimmen beibringen wollte.

Zwei Wochen vor der Flucht über die Elbe stand Helga unschlüssig im Badeanzug im Wasser. Ängstlich war sie nicht, nur ein wenig unsicher, als Wolfgang sie mit festem Blick anschaute. Das Wasser schwappte über ihre Knie. Aber es kam ihr vor, als würde es ihr bis zum Hals reichen. Noch nie war sie so weit reingegangen. Noch nie hatte sie sich so weit vorgewagt. Schon als Kind war sie im Freibad lieber am Beckenrand sitzen geblieben, während die anderen im Wasser plantschten und vor Freude kreischten.

Wolfgang schwamm auf Helga zu. Als er wieder Boden unter den Füßen hatte, richtete er sich auf und spritzte in ihre Richtung. Wolfgang schien von der Bedrohlichkeit der Naturgewalt völlig unbeeindruckt. Das beruhigte Helga, und sie spürte, dass das Wasser selbst gar nicht so dunkel und mächtig war. Schritt für Schritt ging sie immer näher auf Wolfgang zu. Der Wasserspiegel umschloss inzwischen ihre Taille. Wolfgang munterte sie auf: *Siehst du. Du schaffst das.* Als Helga ins Wasser glitt und ihre Beine nach hinten streckte, dachte sie: *Das kann doch nicht wahr sein. Ich schwimme!* Mit ihren Armbewegungen zerteilte sie das Wasser und die Blätter, die überall auf dem Wasser schwammen. Auf einmal war sie so stolz auf sich. Bis sie mit den Füßen den Boden suchte und feststellen musste, dass sie schon viel zu weit geschwommen war. Außerdem saugte sich die wollähnliche Kunstfaser ihres Badeanzugs immer mehr mit Wasser voll. Nun bekam Helga Panik und paddelte wie wild gegen die Angst in ihrem Körper an.

Wolfgang war jetzt nicht mehr ruhig. Er schwamm zu ihr rüber und herrschte sie an, wie sie es nur von ihrem Vater her kannte: *Reiß dich zusammen. Du bist doch kein Kind mehr.* Helga maulte: *Warum soll ich eigentlich schwimmen lernen?* Wolfgang antwortete nicht. Er wusste jetzt, dass er sie nicht mitnehmen konnte. Es war viel zu gefährlich. Als Helga Wolfgang schließlich küsste, waren seine Lippen kälter als ihre.

Am Sonntagvormittag des 18. Oktober 1964 hatte Wolfgangs Schwester mit Helgas Mutter telefoniert und sie gefragt, ob Helga am Nachmittag mit spazieren gehen wolle. Es war ungewöhnlich, dass Renate bei ihnen anrief, aber Helga dachte sich nichts dabei. Zu lange hatte sie schon auf den Moment gewartet, an dem sie endlich seine Familie kennenlernen würde. Schließlich waren sie so gut wie verlobt, was zu dieser Zeit noch viel bedeutete.

In Alt Jabel warteten Wolfgang und Renate bereits im Vorgarten. Sie wirkten anders als sonst. Zusammen gingen sie den Sandweg zur Kirche entlang. Auf dem Vorplatz der Kirche blieben sie stehen. Es ging nicht ums Heiraten, wie Helga sich ausgemalt hatte, sondern um etwas vollkommen anderes. Seine Schwester sprach aus, was Wolfgang sich nicht zu sagen traute: *Wolfgang wird heute rüberschwimmen.* Und dann ergänzte sie noch: *alleine.* Helga begann zu weinen und ließ sich in Wolfgangs Arme sinken, der genauso traurig war wie sie.

Obwohl Helga erst achtzehn Jahre alt war und ein unbeschwertes Leben hatte, machte sie sich doch so ihre Gedanken. Auch sie hatte keine Hoffnung, dass sich bald etwas ändern würde, drei Jahre nach dem Bau der Mauer. Hoffnung sah sie nur in ihrer Liebe. Aber jetzt wollte Wolfgang ohne sie über die Elbe schwimmen. Enttäuschung kam in ihr hoch, dass er ihr nie von seinen Fluchtplänen erzählt hatte.

Nach endlosen Minuten fand sie ihre Stimme wieder: *Ich komme mit,* sagte sie trotzig. *Du kannst doch nicht schwimmen,* erwiderte Wolfgang, der sich nicht vorstellen konnte, wie sie das zusammen schaffen sollten. *Wenn wir Glück haben, werden wir nicht von den Gewehrkugeln getroffen, sondern gehen unter, weil du dich nicht über Wasser halten kannst.*

Enttäuschung und Trauer verwandelten sich in die Entschlossenheit, die man nur erreicht, wenn man verliebt ist und nur in dieser Liebe eine Zukunft sieht. Helga konnte ziemlich störrisch sein, wenn sie sich etwas vorgenommen hatte. *Was soll ich anziehen und wo treffen wir uns,* bohrte sie weiter. Und Wolfgang, der genauso verliebt war wie sie, nannte ihr den Treffpunkt, von dem aus er noch am selben Abend mit seinem Fahrrad über die Feldwege in den Wald fahren wollte. Wolfgang war überrascht und überrumpelt. Er war stolz auf Helga, zugleich hatte er große Zweifel. Schließlich war es Renate, die zu ihm sagte: *So wie du schwimmen kannst, wird es schon gut gehen.*

Helgas Schwester berichtete der Volkspolizei später, dass Helga gegen vier Uhr nachmittags mit ihrem Fahrrad und rot verweinten Augen nach Hause gekommen war und einen merkwürdigen Eindruck machte. Zu Hause hatte sie sich die Haare gewaschen und zu Zöpfen geflochten. Auch ihre Mutter hatte den Eindruck, als ob Helga geweint hätte. Als sie ihre Tochter darauf angesprochen hatte, bekam sie zur Antwort: *Mir ist beim Haarewaschen Seife in die Augen gekommen.*

Während Helgas Mutter später für einen Augenblick zu den Nachbarn ging, zog sich Helga ihre schwarz-weiß karierte Lederjacke über. Bevor die Mutter wieder zurückkam, schlich sich Helga aus dem Haus. Gegen Viertel vor sechs sah ihre Schwester, wie sie mit ihrem Fahrrad davonfuhr. Helga hatte kein Gepäck dabei und hatte auch nicht gesagt, wohin sie wollte. Die Schwester nahm an, dass sie ihren Freund zum Zug bringen wollte und dass sie sich aus dem Haus schlich, weil die Eltern immer gegen diese Freundschaft gewesen waren.

Als Helgas Mutter aus der Waschküche kam, stand die Tür zum Fahrradschuppen offen. Im Schuppen standen die Hausschuhe ihrer Tochter, aber nicht ihr Fahrrad. Die Schwester meinte: *Sie hat ihre Stoffturnschuhe mitgenommen. Aber sie hatte keine Strümpfe an.* Angesichts dieser Beobachtung war ihre Mutter einigermaßen beruhigt und sagte nur: *Na, dann kann sie ja nicht weit gefahren sein.*

Als der Vater von seinem Sonntagsbesuch im Dorf wieder zurückgekommen war, warteten sie noch mit dem Abendbrot. Vor dem Zubettgehen meinte die Mutter schließlich, *in dieser Kleidung kann sie doch nicht zum Tanzen gegangen sein.*

Die Eltern konnten in dieser Nacht wenig schlafen, und gegen vier Uhr schauten sie noch einmal in Helgas Zimmer nach, in dem sie normalerweise mit ihrer Schwester schlief.

Als Helga am nächsten Morgen immer noch nicht wiedergekommen war, machten sie sich ernsthaft Gedanken und begannen, die Straßen im Dorf abzufahren. Sie waren voller Sorge, besonders als die Mutter feststellte, dass Helgas Badeanzug, ihr Erspartes, insgesamt 189 Mark, und ihre Ausweise weg waren.

Als Helgas Eltern in den Forstwald zu Wolfgangs Mutter fuhren, wusste Meta auch nicht, wo die jungen Leute sein konnten. Meta sagte nur, dass sie den Eindruck gehabt hatte, sie hätten am Sonntag gestritten. Zuletzt hatte sie ihren Sohn gegen sechs Uhr mit dem Fahrrad wegfahren sehen. Er hatte sich wie immer von ihr verabschiedet und ihr gesagt, dass er nach Kaliß zum Zug fahre. Helgas Vater donnerte: *Da ist bestimmt dein Sohn dran schuld. Ich werde alles tun, um meine Tochter wieder nach Hause zurückzubekommen.* Meta antwortete mit Bestimmtheit: *Ihr kennt ihn doch gar nicht. Mein Sohn ist ein anständiger Mensch. Er wolle Helga heiraten.*

Als Helgas Mutter einen Tag später im Volkspolizeikreisamt Ludwigslust wegen Grenzdurchbruchs ihrer Tochter über die Elbe verhört wurde, kamen ihr die Tränen: *Ich verstehe das alles nicht. Sie kann doch nicht schwimmen.*

Ihr Vater gab zu Protokoll, dass seine Tochter sich in der Grenzregion gut auskenne und dass sie eine Brieffreundin in Hamburg habe. Und ja, manchmal durfte sie auch Westfernsehen sehen.

Im Verhörprotokoll mit der Mutter findet sich ein bemerkenswerter handschriftlicher Vermerk: *Der Zeugin wurde*

nahegelegt, ihrer Tochter zu schreiben, dass sie wiederkommen
soll, wenn sie wirklich nur von G. verleitet worden ist.

Renate gab bei der Volkspolizei an, dass ihr Bruder nie
Fluchtgedanken geäußert hatte und sie auch kein Motiv dafür sah, da er immer davon gesprochen hatte, mit ihr zusammen eine Doppelhochzeit feiern zu wollen, die für Juli 1965
geplant war.

> Ich brauch nicht viel zum Glück.
> Ich brauch dazu nur dich,
> wenn du nicht bei mir bist,
> ist es kein Glück.
> (von Wolfgang, wahrscheinlich 1964)

HAMBURG

Als Wolfgang Helga nach der gelungenen Flucht im Arm hielt und küsste, waren ihre Lippen kälter als seine. Das lag daran, dass sie fast untergegangen war und er sie nicht nur hinter sich hergezogen, sondern auch gerettet hatte.

Sie hatten es geschafft. Das war das wichtigste Gefühl, das sie verband. Und doch fing vieles wieder von vorne an. Nachdem die Bundespolizei kam und sie in Lüchow befragte, wurden sie in unterschiedliche Lager gebracht. Er in das Lager nach Gießen und sie in das zentrale Grenzdurchgangslager in Friedland bei Göttingen. »Friedland«, was für ein Wort. Verheißung und Aufforderung zugleich, endlich in Freiheit und Frieden leben zu können.

Genau genommen war Friedland ein Dorf, eine Ortschaft, in der doppelt so viele Flüchtlinge wie Einwohner untergebracht waren. Als Helga dort hinkam, planten sie gerade das Heimkehrerdenkmal mit seiner Inschrift: *Völker, entsaget dem Hass – versöhnt Euch, dienet dem Frieden – baut Brücken zueinander.*

Im Aufnahmelager Gießen bekam Wolfgang 60 DM und wurde im November 1964 in die Republik entlassen. Er war nun zwar frei und hatte etwas Geld in der Tasche, aber er hatte auch noch die 2400 DM Schulden wegen des Überfalls in Lorch abzubezahlen. Im Grunde genommen war er völlig mittellos.

Aber er wollte zu Helga, die jetzt bei ihrer Brieffreundin in Hamburg untergekommen war. Wolfgang löste eine Fahrkarte. In Hamburg angekommen, fiel ihm wieder ein, dass die Stadt ja auch am Wasser liegt. Er suchte die Elbe, aber er fand schließlich nur einen riesigen See mit kleinen Booten mitten in der Stadt. Das war die Außenalster, aber er kannte nicht ihren Namen. Er wusste nur, dass er am Hamburger Hauptbahnhof ausgestiegen war und jetzt auf einer Bank saß mit Blick auf einen See, der gerade anfing zuzufrieren. Auf einmal fiel ihm ein, dass er kein Geld mehr zum Übernachten hatte. Es war einen Monat vor Weihnachten und kalt. Und wieder einmal hatte er keine Mütze auf.

Schließlich kam ein Polizist auf ihn zu und sprach ihn an. Der Polizist war im Gegensatz zu den Volkspolizisten sehr nett. Auch deswegen erzählte Wolfgang ihm seine ganze Geschichte, und er erzählte ihm auch, dass er keine Unterkunft hatte. Der Polizist deutete ihm an, dass er aufstehen sollte, und schrieb ihm etwas auf einen Zettel. *Da gehen Sie jetzt hin und fragen nach einem Platz zum Schlafen.* Dort traf Wolfgang auf einen noch netteren Mann, der den Umfang einer Kanonenkugel hatte und der ihm im Namen des CVJM nicht nur eine Bleibe, sondern das erste Mal seit Langem auch wieder ein Stück menschliche Wärme schenkte.

Jahrelang hörte ich immer wieder den Namen dieses Mannes, Herrn Gebauer, der später der Trauzeuge meiner Eltern wurde und dem mein Vater vieles, was danach kam, zu verdanken hatte.

Mithilfe von Herrn Gebauer fand Wolfgang als gelernter

Schweißer schon im neuen Jahr eine Arbeit. Er konnte nun in Hamburg bleiben und wohnte zur Untermiete in einem Zimmer bei einer alleinstehenden älteren Frau. Sie fragte ihn fast jeden Tag, wann denn sein Koffer aus Gießen käme. Sie wusste ja nicht, dass er aus der DDR geflohen war und nichts anderes hatte als die Kleider, die er am Körper trug. Sie fragte ihn immer wieder. Und er versicherte ihr jedes Mal, dass der Koffer bald ankommen würde und es noch etwas dauerte, weil es Probleme mit dem Transport gegeben hatte.

Als er seinen ersten Monatslohn erhielt, ging er als Erstes in ein Geschäft, um sich einen Koffer zu kaufen. In einem anderen Geschäft kaufte er sich einen Mantel aus Kamelhaar, den er in den Koffer hineinlegte. Als er damit in sein neues provisorisches Zuhause ging, war die Vermieterin erleichtert, dass endlich der Koffer angekommen war.

Von Helga erfuhr Wolfgang den wahren Grund ihrer Flucht erst, als sie sich in Hamburg wiedersahen. Sie war nicht nur vor dem DDR-Regime geflohen, sondern auch vor ihrem autoritären Vater.

Obwohl Helga keinen Kontakt mehr zu ihm aufnahm, hörte sie von ihrer Mutter, die ihr Briefe schrieb, dass ihr Vater Wolfgang immer noch als *Verbrecher* bezeichnete. Und über Helga sagte: *Das ist nicht mehr meine Tochter.* Helga hatte das Gefühl, dass ihre Mutter durch diese Briefe ihr Gewissen erleichtern wollte. Als wenn sie durch das Aussprechen von Boshaftigkeiten ihres Mannes besser dastehen würde. Sie versuchte nicht, Helga zu rehabilitieren, sondern eher sich selbst. Auch wenn Helga wusste, dass ihre Mutter nicht das schreiben konnte, was sie wollte, las sie ihre Briefe irgendwann nicht mehr. Es war ihr zu kompliziert, sich auch noch darauf einzulassen.

Vor allem seitdem sie ihren neuen Freund Helmut kennengelernt hatte, der keinen autoritären Vater hatte, dafür aber einen politischen Enthusiasmus, der sich zunehmend gegen die DDR richtete. Helga fand es bemerkenswert, dass man sich so gegen etwas engagieren konnte, obwohl man es selbst nicht erlebt hatte. Helmut hatte keinen Grund, sich über die DDR aufzuregen, und er tat es trotzdem. Deswegen liebte Helga ihn jetzt auch mehr als Wolfgang, der nach seinem Eintritt in die westdeutsche Lebenswirklichkeit noch unpolitischer geworden war. Leise und schleichend war die Liebe zwischen Wolfgang und Helga, so wie sie einfach so herangereift war, unmerklich wieder verschwunden.

Helgas Vater war wie elektrisiert, als er von seinem neuen Freund bei der Stasi erfuhr, dass sie anfingen, Geruchsproben zu sammeln und zu archivieren. Ihn beflügelte die Vorstellung, dass er seine Tochter auf diese Weise aufspüren konnte. Und so gab er seinem vermeintlichen Freund, der ihn nur bespitzeln sollte, die Geruchsprobe seiner Tochter mit. Seine Frau war nicht damit einverstanden. Aber wenn es um seine Tochter ging, kümmerte es ihn nicht, ob sie mit etwas einverstanden war. Auf einmal war er stolz, Teil eines größeren Ganzen zu sein, obwohl er sich eigentlich nichts sehnlicher wünschte, als seine Tochter zurückholen zu können.

Vielleicht landete Helgas blauer Pionierschal in einem der landesweiten Geruchsdepots. Es könnte die erste Probe dieser Art gewesen sein. Ein blauer Pionierschal in einem Einweckglas.

Die anderen Geruchsproben, die danach gesammelt wurden, stammten aus gelben Stofflappen, die wie Putzlappen aussahen. Auch sie wurden so wie Helgas Pionierschal in luftdicht verschlossenen Gläsern aufbewahrt. Schon bald waren es Tausende Einweckgläser mit Geruchsproben von überwachten Personen. Eine akribische olfaktorische Sammlung, die nur dazu diente, die Suche nach Regimekritikern zu perfektionieren. Als Beschriftung dieser dickbauchigen Gläser dienten zwölfstellige Personenkennzahlen, die man jedem einzelnen Bürger zugeteilt hatte.

Besonders perfide war die Gewinnung der Geruchsproben. Manchmal wurden verdächtige Personen unter einem Vorwand zu Befragungen einbestellt und mussten sich dann mit den Handflächen unter den Oberschenkeln auf einen speziellen Stuhl setzen, dessen Sitzfläche mit einem gelben Tuch bespannt war, welches nur dazu da war, den Duft des Menschen aufzunehmen.

Farben verblassen meistens mit der Zeit. Nicht aber die gelben Tücher in den Einweggläsern, die heute in Museen ausgestellt sind und noch immer knallgelb leuchten. Nur eines tanzt aus der Reihe. Wenn es wirklich eines mit einem blauen Schal gibt, dann muss das Helgas sein.

In Hamburg fuhr Helga am liebsten mit dem Fahrstuhl 123 Meter hoch auf den gerade fertiggestellten Fernsehturm. Hier oben auf der Aussichtsplattform schien sie dem Himmel näher als der Erde zu sein. Helga dachte dann immer, *vielleicht ändert sich so der Blick auf die Welt.*

Auf dem Fernsehturm hatte sie auch Helmut kennengelernt, der wie sie fasziniert war von der schwindelerregenden Höhe. Helga wohnte zwar nicht in unmittelbarer Nähe des

Turms, aber von dem Fenster in der kleinen Einzimmerwohnung ihrer Brieffreundin sah sie seine Turmkörbe und Antennenträger trotzdem noch ganz gut. Nachts, wenn sie nicht schlafen konnte, folgten ihre Augen dem Drehlicht, wie es mit konstanter Geschwindigkeit am Himmel seine Kreise zog.

Die Vorstellung, dass zeitgleich auch Rundfunk- und Fernsehprogramme ausgestrahlt wurden, beruhigte sie. Der »Telemichel« war nicht nur ein Fernsehturm, er war auch eine Art Leuchtturm für sie. Ein Symbol für Beständigkeit in einer pulsierenden Stadt, die Helga wie einen geschäftigen Bienenstock erlebte.

Hamburg war ihre neue Heimat geworden. Und auch Helmut gehörte jetzt dazu. Im Hinterhof des Mehrfamilienhauses, in dem Helmut wohnte, standen mehrere Garagen. Seitdem Helga bei ihm eingezogen war, verschwand er öfters dort. Erst wollte Helga nicht so genau wissen, warum er so oft an seinem Auto herumschraubte. Vielleicht weil sie es ahnte und nicht wusste, ob sie es gut finden sollte, wenn Helmut so wie Wolfgang seine eigenen Konsequenzen zog.

Neulich erst hatte er ihre Brieffreundin nach anderen Adressen aus der DDR gefragt. Das kam ihr schon komisch vor. Und immer mehr begann sie zu wittern, was er wirklich damit vorhatte.

Als sie ihn das erste Mal in der Garage besuchte, lag er gerade unter dem Auto. Neben ihm lag ein ziemlich großes Teil, das sie nicht zuordnen konnte, aber das nun im Auto selbst fehlte. Das Loch, das sie im Motorraum sah, war so groß, dass es locker für einen Menschen reichen würde, schoss es ihr wie ein Blitz durch den Kopf. In diesem Moment rollte Helmut unter dem Auto hervor. *Schatz, das ist ja schön, dass du da bist. Ich zeig dir gleich mal, was ich hinge-kriegt hab.* Und während er noch seine Hände putzte, schritt sie immer näher an die geöffnete Motorhaube heran, bis sie schließlich sagte: *Ich weiß, was das ist.*

In den kommenden Monaten wurde Helmut zu einem Fluchthelfer, der ein absolut sicheres Verfahren entwickelt hatte, damit niemand erkannte, dass er unter dem Motor-block Menschen verstecken konnte. Das sagte er jedenfalls, und als er sich selbst einmal dort hineinlegte, glaubte Helga ihm das auch.

Als er das erste Mal zu einem »Auftrag«, wie er es nannte, losfuhr, war sie mindestens genauso beunruhigt wie damals ihre Mutter, die sie jetzt immer besser verstand. Während er weg war und sie noch um ihn bangte, dachte Helga oft an sie. Sie kam sich auf einmal schlecht vor, dass sie einfach so ihre Eltern verlassen hatte und nun auf dem Teppich hockte und auf einen Mann wartete, der in den Augen ihrer Eltern noch schlimmer als Wolfgang war. Jetzt wünschte sie sich, sie hätte denselben Mut wie damals aufgebracht, nicht um zu schwim-men, sondern um Helmut aufzuhalten und ihn davon zu überzeugen, dass das nicht richtig war. Aber sowie Helmut wieder die Tür aufschloss und mit dem Autoschlüssel klim-perte, war alles vergessen, und sie war mindestens so stolz auf ihn wie auf Wolfgang, der sie über die Elbe gerettet hatte.

Nachdem Helmut jedes Mal heil zurückgekommen war, schlich sich Normalität in diesen Rhythmus ein, und sie be-gann, sich weniger Sorgen zu machen. Aber sie begann auch, ihn weniger zu lieben.

Von einem Auftrag kam er nicht mehr zurück. Helga wusste es sofort. Das Versteck im Auto war aufgeflogen. Und damit nicht nur die Flüchtlinge, sondern auch er selbst.

Da sie nun anfing, wieder an ihre Mutter zu schreiben, kannte die Stasi nun auch ihre Adresse und wusste, dass sie bei Helmut gewohnt hatte.

Einmal schrieb Helmut aus der Haft etwas von einem Spiegel, das sei deren neueste Erfindung und auch der Grund, warum er aufgeflogen war. Obwohl diese Stelle geschwärzt war, konnte sie es lesen. Denn ihre Brieffreundin, die weiter Adressen aus dem Osten sammelte, hatte ihr ein kleines Tischchen mit einer speziellen Lampe geschenkt, unter der wie durch ein Wunder die Buchstaben wieder hervorkamen.

Helga ahnte, dass sie unter Beobachtung stand und dass auch ihre Briefe gelesen wurden, bevor sie beim Empfänger ankamen. Aber den Briefwechsel mit ihrer Mutter, die ihr nun schrieb, sie solle doch wieder nach Hause kommen, wollte sie in keinem Fall aufgeben. Woanders hinzuziehen, kam für sie aber auch nicht infrage. Denn inzwischen hatte sie es sich gut eingerichtet in ihrem neuen Leben ohne Helmut, dafür mit einer neuen Arbeit, durch die sie sich auch die Miete leisten konnte.

Es störte sie auch nicht, als auf ihrer Arbeit der Verdacht gestreut wurde, dass sie für die Russen arbeite. Denn ihre Kollegen, die auf ihrer Seite standen, wussten, wem sie glauben konnten und wem nicht. Auch ihre Nachbarn reagierten erstaunlich gelassen, als man sie im Hinterhof auf Helga ansprach. Auch deswegen liebte Helga es, in Hamburg zu leben. Diese Gelassenheit und den trockenen Hamburger Humor, mit dem sie die letzten Zweifel hinwegwischten, wenn sie Helga von Weitem begrüßten: *Kieck mol hin, da kommt unsere Kleene.*

Bewährte anzuwendende Formen der Zersetzung sind:
systematische Diskreditierung des öffentlichen Rufes,
[…] Erzeugen von Misstrauen und gegenseitigen
Verdächtigungen innerhalb von Gruppen …
(Richtlinie 1/67 des Ministeriums für Staatssicherheit)

Helmut sah sie nicht mehr wieder, dafür schrieb sie ihm in die Untersuchungshaft fast die gleichen Briefe wie ihrer Mutter. Dass sie sich freue, ihn wiederzusehen, aber dass sie nicht kommen könne, weil sie Angst habe, wieder zurück in den Osten zu gehen.

FAMILIE

Ich glaube, als mein Vater nach Westdeutschland kam, wollte er irgendwann einfach nur ein ganz normaler Mann sein, mit einer Frau und Kindern. Mehr wollte er nicht.

Mein Vater lernte meine Mutter wie damals Helga beim Tanzen kennen. Dass er sie ein zweites Mal aufforderte, hatte vielleicht auch damit zu tun, dass sie so wie seine Schwester hieß. Sie war schön und jung und genauso wie Helga begeistert von seiner Höflichkeit und dem Anstand, den er hatte. Außerdem war mein Vater auch im Westen eindeutig der am besten gekleidete Mann im Tanzcafé. Er kam immer mit dem Taxi, nie ging er zu Fuß. Das fiel meiner Mutter sofort auf, als er mit ihr nach dem Tanzen noch in eine Bar fuhr und sie, die als Lehrling nicht viel verdiente, sich etwas aussuchen durfte. *Sekt mit Mettwurstbrot,* schwärmte sie mir jahrelang vor.

Nach der Flucht hatte mein Vater keinen Kontakt mehr zu Meta. Erst 1967, kurz vor seiner Hochzeit, nachdem seine Braut ihr einen Brief geschrieben hatte, erfuhr sie endlich, wo sich ihr Sohn aufhielt. Wolfgangs Mutter war selig und freute sich schon darauf, ihn wiederzusehen, auch wenn sie ihn erst in ein paar Jahren, wenn sie in Rente gehen würde, besuchen durfte. Das war der Lohn für ihre Arbeit, das war der Lohn für ihr ganzes Leben. Erst als Rentnerin war sie für den Arbeiterstaat entbehrlich.

Meine Oma besuchte unsere kleine Familie immer mit zwei Koffern. Einer davon war leer. Mein Vater kleidete sie jedes Mal neu ein. Trotzdem stieg sie beim nächsten Mal wieder mit einer ihrer alten Kittelschürzen aus dem Zug. Das gefiel ihm nicht. Irgendwann sagte er ihr das so deutlich, dass sie zu weinen anfing. *Du hast ja recht,* sagte sie unter Tränen.

Meine Mutter war gerade mit meinem Bruder schwanger, als sie Helga das letzte Mal beim Einkaufen in der Hamburger City sah. Helgas Unfall geschah etwas später. Ich muss da schon längst auf der Welt gewesen sein. Meine Oma kam auch schon längst zu Besuch. *Helga,* sagte jemand von hinten. Und da viele Menschen Helga hießen, drehte sie sich erst nicht um. Jetzt war es eher ein Flüstern, direkt hinter ihr. *Helga!* Dass sie sich genau in diesem Moment umdrehte, wurde ihr zum Verhängnis. Sie stolperte, schaute aber trotzdem nach hinten in die Augen eines Fremden, der mit einem Grinsen seinen Kopf vorschob und auch Helga vorschob, zumindest sie nicht aufhielt, als sie die Rolltreppe hinunterfiel. Sie landete direkt mit dem Kopf auf einer Treppenkante ziemlich weit unten. Die Worte, die sie oben gehört hatte, klangen wie Hohn in ihren Ohren: *Ich soll dich von deinem Vater grüßen.* Bevor sie das Bewusstsein verlor, sah sie noch, wie der Mann, den sie nicht kannte, in der Menge verschwand.

Helga wurde von der Rolltreppe in Hamburg-Mundsburg gestoßen. So wurde es meinem Vater erzählt. Nach allem, was er erlebt hatte, hatte er keinen Grund, daran zu zweifeln. Denn unbekannte graue Männer, wahrscheinlich Mitarbeiter des Staatssicherheitsdienstes, klingelten auch nach Helgas Tod ein paarmal bei unseren Nachbarn im Erdgeschoss. Sie fragten: *Wo arbeitet Herr G.? Was arbeitet er? Was macht er im Alltag und am Wochenende?*

Inzwischen kann ich verstehen, warum mein Vater sein ganzes Leben lang Misstrauen gegenüber Fremden gehabt hat und meiner Mutter am Anfang ihrer Ehe immer gesagt hatte: *Du schaust immer zuerst durch den Türspion. Und machst niemandem auf, den du nicht kennst. Du nimmst auch keine Pakete an, deren Absender du nicht kennst. Du sprichst auch niemals mit Fremden, wenn du zum Einkaufen gehst.*

Wer hat vor unserer Tür gestanden?
Wer hat an unserer Tür geklingelt?
Wer ist die Treppe hinuntergegangen?
Wer hat bei unseren Nachbarn geklingelt?
Wer hat auf der anderen Straßenseite gestanden
und hat versucht, durch unsere Gardinen zu sehen?

Vieles, was damals geschehen ist, war für uns Kinder nichts Besonderes. Weil wir uns irgendwann daran gewöhnten, dass wir einen Vater hatten, der unschuldig im Gefängnis gesessen und in die Freiheit geflohen ist. Der Stolz darüber kann so flüchtig sein wie das Leben. Das Besondere daran verblasst mit der Zeit. Wir sehen nicht mehr das große Ganze, sondern vor allem die Folgen davon.

Jede Unordnung, jeder plötzliche Lärm bringt ihn aus der Fassung. Er denkt dann immer an die Uniformierten, die ihn ohne Vorwarnung anschrien, wenn er seine Anstaltskleidung nicht richtig gefaltet hatte. Später wird es zu einem Tick. Nicht nur in Alt Jabel, sondern auch danach gewöhnt er sich an, die Kissen mit einem ordentlichen Knick in der Mitte zu versehen, und weist uns noch als Erwachsene darauf hin, dass wir das auch so machen sollten. Das ist nicht die einzige Folge seiner Gefängnisstrafe, die an ihm haften blieb.

Auf der Arbeit kennt er jeden Notausgang. Auf den Baustellen, auf denen er zu tun hat, kennt er die besten Fluchtwege. Beim Zahnarzt muss die Tür immer geöffnet sein. Nur zu Hause achtet er sehr darauf, dass die Haustür immer geschlossen ist. Potenziellen Einbrechern legt er Stolperfallen und Nagelbretter in den Weg.

Mit dem Älterwerden wird es etwas besser. Er scheint entspannter zu sein, aber nur in seinen Gewohnheiten, was Türen und Fluchtwege angeht. Fremde hält er weiterhin instinktiv auf Abstand, auch wenn es nach außen so wirkt, als quatsche er mit Gott und der Welt. Echte Freundschaften knüpft er seit Edgar nicht mehr, auch wenn andere meinen, ihn zum Freund zu haben. Für ihn endet die Bekanntschaft meist am Gartenzaun. Es gibt nur wenige und seltene Besucher, die über die Schwelle seines Hauses gehen dürfen. Klaus ist einer davon. Roland, der ihn Jahre später in die Schweiz fahren wird, auch.

Vielleicht hat mein Vater gehofft, dass Zeit und Arbeit die alten Wunden heilen. Solange er funktioniert und sich beschäftigt, kann er die Vergangenheit auf Abstand halten. Erst baut er das Elternhaus meiner Mutter um und dann aus. Schließlich errichtet er noch eine kleine Wohnung nebenan, die zuerst nur eine Garage werden soll. *Es wird nur eine Garage,* versichert er, um Mutter und mich zu beruhigen. Bevor er zu bauen anfängt, wissen wir längst, dass das nicht stimmt. Denn Autos konnten im Freien stehen bleiben. Zimmer für die Familie hingegen oder für das potenzielle Pflegepersonal aus dem Osten konnte man in seiner Vorstellung immer gebrauchen. Und als es auf unserem Grundstück nichts mehr zu bauen oder anzubauen gab außer einem zweiten Stall für noch mehr Geräte und Baumaterial, wandelt er eine der beiden Terrassen erst in eine betonierte Festung und dann in einen zusätzlichen Raum um. Die zweite, etwas größere Terrasse bleibt verschont. Aber nur fast, denn sie wird jetzt von kniehohen Wänden begrenzt, mit denen für mich das Gefühl von Freiheit endgültig verloren geht. *Weil da der Schnee so gut abgehalten wird,* betonte mein Vater. Und da er schon so krank ist, stimmte ich ihm zu. Meiner Mutter gelingt das nicht. Sie streitet mit ihm darüber, während er das erste Mal seit Jahren zu weinen anfängt und wieder in den Osten über die Dörfer fährt.

Vielleicht ahne ich damals schon, dass es in Wahrheit der Drang nach Beschäftigung ist, den er auch Jahrzehnte später nicht ablegen kann. Ich glaube, ihm wurde bereits im Gefängnis antrainiert, dass man nur dann etwas wert ist, wenn man mehr arbeitet als alle anderen. Das war auch der Grund, warum er bei seinem ersten Arbeitgeber in Hamburg entlassen wurde. Er hatte es geschafft, binnen weniger Wochen den Akkord immer wieder aufs Neue zu brechen.

Fürchtet er, der Vergangenheit wieder nahe zu kommen, wenn er nichts mehr zu tun hat? Als meine Mutter und ich auf der Suche nach den Stasi-Akten direkt daneben alte Familienfotos und die Dokumentation seiner Überstunden in einem dicken Ordner finden, wissen wir: Familie und Arbeit müssen ihm viel bedeutet haben.

GARDINEN

Die Fähigkeiten zum Eindringen in gedankliche
Prozesse anderer können nur und ausschließlich durch
Menschen selbst aufgebracht werden.
(Dissertation von Werner Korth, Ferdinand Jonak,
Karl-Otto Schubert: Die Gewinnung Inoffizieller
Mitarbeiter und ihre psychologischen Bedingungen, 1973)

Das Land, durch das ich mit dem Auto meines Vaters fahre,
ist kein gewöhnliches Land. Es ist 1988, etwas mehr als ein
Jahr vor der Wende, vor der Revolution in Ostdeutschland,
die zur Wiedervereinigung führen sollte.

Es ist Spätsommer. Vor ein paar Monaten habe ich meinen Führerschein gemacht und fahre nun zusammen mit
meiner Mutter durch eine Landschaft in der DDR, die mir
nie als etwas Zusammenhängendes in Erinnerung bleiben
wird. Da ist das Niemandsland hinter der Elbe, die weite
Ebene aus Schützengräben und Wachtürmen. Und da sind
die Dörfer, die wie graue Tupfen unscheinbar aus der Landschaft ragen.

Wir fahren ohne meinen Vater. Denn in der DDR wird er
immer noch mit Haftbefehl gesucht. Inzwischen glaubt mein

Vater seiner Mutter nicht mehr, die auch diesmal beteuert: *Dir wird schon nichts passieren.*

Hinter den ersten Heidebüschen kann ich die Grenzanlagen erahnen. Kleine, unauffällige weiße Baracken. Auf einem Wachturm dreht ein Soldat mit Maschinenpistole seine Runden. Eine Einfahrt, wie wenn man zu einer Tankstelle einbiegt, an der statt Zapfsäulen Grenzsoldaten stehen. Aus der Ferne sehen sie aus wie graue Strichmännchen, die in mehreren Reihen angeordnet sind. Ich ahne, dass uns dort noch mehr erwartet, wenn wir unsere Pässe vorzeigen müssen. Wir müssen aussteigen und uns durchsuchen lassen. Auch das Auto durchsuchen sie und schlagen die Motorhaube nicht richtig zu, sodass mir später mitten auf der Fahrt durch das Niemandsland vor einer Kurve die Haube entgegenschlägt.

Wir haben Angst anzuhalten. Ich fahre noch ein bisschen weiter und halte ein paar Meter neben dem Grenzzaun. *Hoffentlich haben uns die Hunde nicht gewittert*, denke ich, als ich aussteige und die Motorhaube wieder andrücke.

Ich höre und sehe zuerst ihre Ketten und sehe dann, wie sich die Hunde an den Ketten in unsere Richtung bewegen. Es beruhigt mich nicht, dass die Hunde hinter dem Stacheldraht laufen. Meine Angst verwandelt sich auf einmal in Wut. Und ich frage mich, ob es die Idee von Wahnsinnigen oder von Menschen gewesen ist, dass es das Beste sein soll, nicht nur Hühner einzusperren, sondern auch ganz normale Menschen.

Je mehr Zeit dazwischenliegt, desto besser erinnere ich mich. Als wir auf der Landstraße durchs Land fahren, fällt mir auf, dass in einigen Dörfern die Häuser der Hauptstraßen nur zur Hälfte gestrichen sind. Der untere Teil ist in hellem Grau gestrichen, der obere Teil ist dunkelgrauer Beton.

Später lese ich, dass der angestrichene Teil für Erich Honecker bestimmt war, weil er durch seine Limousine nur die unteren Hälften der Häuserfassaden sehen konnte.

Während ich weiterfahre, frage ich mich, ob dort überhaupt noch Menschen wohnen. Die Gegenden hinter der Elbe sehen verlassen aus, wie eine Filmkulisse, aus der die Schauspieler geflohen sind. Dabei waren es richtige Orte, aus denen es kein Entkommen gab.

Ich frage mich auch, ob die Dinge hier anders schmecken oder riechen. Ein Dorf ist trostloser als das andere. Die Landschaft habe ich gar nicht mehr als grün in Erinnerung, da die Häuser und Straßen so öde und grau aussahen. Tristheit, die einem aufgezwungen wird. Ein verzaubertes Vakuum, das einen durch Schweigen krank machen und durch falsches Reden ins Gefängnis bringen kann. Ein Land mit eigenen Strafen und Regeln, schlimmer als George Orwells Roman, weil es sich in der Wirklichkeit abspielt.

In diesem Moment ahne ich, dass auch ich hineinkatapultiert werde in den ewigen Widerspruch der Geschichte, wenn die Mehrheit anfängt zu schweigen und auch ich Teil des Schweigens werde. Während meiner Reise nehme ich wahr, dass viele die Wirklichkeit einfach ausblenden oder sich die bestmögliche Nische suchen, um jahrelang auf den Frühling zu warten, der weit entfernt vom großen sozialistischen Traum liegt.

Als wir die Hauptstraße verlassen, landen wir auf einer Schotterstraße, die schnurgerade in das Dorf hineinführt, in dem mein Vater aufgewachsen ist. Im Vergleich zu den anderen Dörfern ist die Straße breit, sie führt leicht bergan, und das Dorf beginnt schon lange, bevor die ersten grauen Häuser zu sehen sind. Ich fühle mich fast wie auf einer Allee, umsäumt von Nadelbäumen und hohem Heidegras. Ungewöhnlich große Gärten und kleine Häuser, die am Waldrand stehen. Wie im Märchenwald meiner Kindheit, wo auf Knopfdruck Schneewittchen mit ihren Zwergen an der Hand die Tür öffnet und zu singen anfängt:

Wer hat auf meinem Stühlchen gesessen?
Wer hat von meinem Tellerchen gegessen?
Wer hat mit meinem Gäbelchen gestochen?
Wer hat mit meinem Messerchen geschnitten?
Wer hat aus meinem Becherlein getrunken?
Wer hat in meinem Bettchen gelegen?

Als wir den stillgelegten, vor sich hin bröckelnden Bahnhof erreichen, weiß ich, dass dies kein Märchenland ist.

Vor Angst und Schrecken stand sie da und konnte sich nicht regen. Aber es waren schon eiserne Pantoffel über Kohlenfeuer gestellt und wurden mit Zangen hereingetragen und vor sie hingestellt. Da musste sie in die rot glühenden Schuhe treten und so lange tanzen, bis sie tot zur Erde fiel.
(Auszug aus Schneewittchen, Märchen der Gebrüder Grimm)

Ich sehe im Vorbeifahren, dass sich in den Fenstern die Gardinen bewegen. Dahinter stehen die Dorfbewohner, denen man unsere Ankunft vorab angekündigt hat. Das ganze Dorf weiß Bescheid: Heute kommen die Wessis.
Ich fühle mich beäugt wie eine Außerirdische, die von einem fremden Planeten kommt und der man sich nicht zu

erkennen geben will, weil das Misstrauen größer als die Neugierde ist.

Irgendwann endet die Straße an einem Freibad. Wir haben uns verfahren und fragen einen älteren Mann nach dem Weg. Wir schenken ihm eine Schachtel Zigaretten. Im Rückspiegel sehe ich, wie zwei weitere Männer aus einem Vorgarten auf ihn zugehen und wild gestikulierend auf ihn einreden. Wir drehen um, fahren wieder zurück, vorbei an den bebenden Gardinen. Ich wünschte, die Menschen würden uns zuwinken, anstatt sich zu verstecken.

Das Haus, in dem meine Großmutter mit der Familie ihres jüngsten Sohnes nun wohnt, liegt am Ende einer Sackgasse am Feldrand. Ein paar Meter weiter steht die Dorfkirche. Es ist keine gewöhnliche Kirche, sondern eine Kirche mitten im Wald. Wie das Dorf, das auch mitten im Wald liegt. Ein schmaler Weg führt zur Kirche, die eingerahmt ist von alten Ulmen und Eichen.

Alt Jabel ist ein verschlafener Ort, in dem man keine Autos erwartet, sondern nur den Geruch von frischen Pferdeäpfeln. Rechts neben dem Weg liegen die Ruinen einer Kirche, die um 1256 aus Feldsteinen und Findlingen erbaut und die durch einen Dorfbrand 1859 bis aufs Gemäuer zerstört wurde. Inzwischen wachsen kleine Bäume und Sträucher daraus. Ein Denkmal aus einer anderen Zeit. Ohne Dach und Glockenturm hat man das Gefühl, man sieht in eine Festung und nicht in ein Kirchenschiff.

Meine Oma Meta, deren Brillengläser so dick sind, dass sie wie eine Taucherin aussieht, macht uns die Tür des Hauses auf, das früher zum Forstamt gehörte. Die Begrüßung ist herzlich. *Endlich seid ihr da.* Meine Tante und mein Onkel, die auch dort wohnen, stehen ebenfalls im Flur. Sie sind freundlich, aber zurückhaltend. Sie haben nicht die Entspanntheit meiner Großmutter, der es egal ist, was andere von ihr denken. *Schön, dass ihr da seid. Und dass ihr euch endlich alle kennenlernt.*

Im Wohnzimmer warten schon meine beiden Cousins und meine Cousine, die alle noch im Haus wohnen. Nacheinander stellen sie sich vor. *Zwei Katzen und einen Hund haben wir auch. Die dürfen aber nur in die Küche.*

Meine Mutter und ich setzen uns auf ein graues Sofa, und ich ahne, dass die Vorbereitung auf unseren Besuch einige Tage des Putzens und Backens in Anspruch genommen haben muss. Der Tisch ist reich gedeckt mit mehreren Variationen von Obstkuchen. Das Silberbesteck glänzt so sehr, dass ich mich darin spiegele. Das Einzige, das das Idyll stört, ist, dass die ganze Zeit über lautlos der Fernseher läuft.

Erst als ich sitze, fällt mir auf, dass alle weiße Hemden oder Blusen tragen. Nur meine Oma hat wie immer ihre Kittelschürze an, die sie auch nicht auszieht, wenn Besuch aus dem Westen kommt.

Bevor das Schweigen zu laut wird, ergreift sie das Wort: *Nicole, erzähl mal, gehst du noch zur Schule? – Ja, ich gehe noch zur Schule. Und ihr?*, fragte ich in Richtung meiner Cousins und Cousinen. *Also ich mache gerade eine Lehre zum Mechaniker,* erwidert mein Cousin Torsten. *Noch ein Jahr, dann mache ich auch eine Lehre,* antwortet meine Cousine, die in etwa gleich alt ist wie ich.

Meine Oma blinzelt mich durch ihre dicken Gläser hindurch an: *Nicole wird mal ein Doktor,* sagt sie nicht ohne Stolz und rutscht mit einem klatschenden Geräusch ihrer unbestrumpften Oberschenkel in den Sessel.

Während sie den Kuchen isst, trompetet sie über alle Köpfe hinweg: *Ihr wisst ja, Wolfgang ist im Westen zum Millionär geworden.* Meine Mutter beginnt zu husten. Ich weiß, dass das nicht ihr Asthma ist, und sage freundlich: *Na ja, das stimmt nicht ganz.*

Nun seid mal nicht so bescheiden, neckt die Oma, die sich das erlauben kann. Schließlich kommt sie ja jedes Jahr zu uns nach Hamburg, wo es in meinem Elternhaus im Vergleich zu hier natürlich mehr Luxus gibt. Kein Kachelofen, sondern eine Ölheizung. Kein Trabi, sondern ein West-Auto. Kein Waschtrog fürs Geschirr, sondern eine Spülmaschine. Kein einfaches Brotmesser, sondern eine Brotschneidemaschine. Kein Grau in Grau, sondern die Küche und das Wohnzimmer farblich abgestimmt. All das beeindruckt sie schwer. Und das verbreitet sie jetzt vor der versammelten Familie.

Verlegen schaue ich im Raum umher. Meine Oma brachte uns einmal die drei Affen mit, die *alles Schlechte nicht wahrhaben wollen* und die immer noch im Wohnzimmer meiner Eltern stehen. Auch hier finde ich sie, in einer kleinen Vitrine aus Glas, wie wenn kein Staubkorn sie je berühren dürfe. Einer hält sich die Augen zu, der andere die Ohren, der dritte den Mund. Drei harmlose Affen, die das Mitläufertum zur Niedlichkeit verzerren. Meine Oma muss meine Gedanken gelesen haben und sagt mit einem Augenzwinkern: *So etwas gibt es bei euch auch.*

Nicht nur durch den sehr eigenen Humor meiner Oma merke ich, dass man drinnen im Haus über andere Dinge reden kann als draußen. Von außen sieht es nicht danach aus. Aber hinter den kleinen Fenstern des ehemaligen Forsthauses, in dem Meta seit ein paar Jahren wohnt, gibt es eine ganz andere Welt.

Nachdem wir die Legende vom Millionär begraben haben, reden wir über alltägliche Dinge, wie Hamburg so ist und wann ich zu studieren anfange. Schließlich aber sprechen wir doch über Politik und stellen fest, dass wir uns vor allem in einem Punkt einig sind: Nur ein Jahr vor der Wende kann sich keiner der Anwesenden vorstellen, dass die Grenze jemals wieder geöffnet werden sollte.

Am Nachmittag mache ich mit meinen Cousins einen Spaziergang durchs Dorf. Auch hier dieses zerbrechliche Idyll mitten im Wald, nur durch das Beben der Gardinen unterbrochen. Wenn man genau hinsieht, sieht man manchmal ein Gesicht, aber nie ein Lächeln. Ich vermute, dass Misstrauen hier Bestandteil aller sozialen Beziehungen ist, in einem Land, in dem jeder jeden verdächtigen kann. Vielleicht muss man Feinde ausmachen, damit man weiß, wer man ist.

Feinde wie wir, die als Verwandte eines politisch Verurteilten in die DDR kommen und nun unter Beobachtung stehen. Auch wenn mein Vater sich nichts zu Schulden hat kommen lassen, als einfach über die Elbe zu schwimmen, ist das ein Grund, ihn zu verurteilen, in einem Land, in dem Vermutungen schnell zu Fakten werden. Es gibt nur Freund oder Feind. Das kann unversehens lebensentscheidend sein. Typisch für das DDR-Regime ist es, dass die berufliche Laufbahn zerstört ist, wenn man durch die Verwandtschaft oder Freundschaft mit einem politisch Verfolgten zu einem Feind wird. So wie die Frau von Klaus, die auch nie wieder als Lehrerin arbeiten darf.

Am ersten Abend gibt es einen eindrucksvollen Schweinebraten auf einer Porzellanplatte, auf deren Rand gebratene Zwiebeln liegen. Dazu Mehlklöße mit Rotkohl. Ich bedanke mich überschwänglich, denn ich weiß von meiner Oma, dass hier nur an besonderen Feiertagen solch ein Festmahl gegessen wird.

Meine Tante sieht vor lauter Besuchsvorbereitungen ganz abgekämpft aus, was sie sich nicht anmerken lässt. Und da sich in diesem Raum meistens nur die Männer unterhalten, während die Frauen in der Küche arbeiten, redet sie nicht viel. Sie nickt nur, als ich sie lobe. *Ist ja nicht der Rede wert.*

Nach dem Abendessen kehren wir in der Dorfkneipe ein. Auch hier werde ich in einer seltsamen Mischung aus Neugierde und Reserviertheit beäugt, und ich spüre, dass ich hier im Gegensatz zum Wohnzimmer meiner Oma auf der Hut sein muss. Torsten bestätigt meinen Eindruck: *Du kannst hier nicht alles sagen.*

Wieso nicht?, flüstere ich zurück. Torsten erwidert: *Die Firma hört immer mit. Das fällt dann auf uns zurück.* Und da ich nicht will, dass meine Verwandten Schwierigkeiten bekommen, halte ich mich zurück und höre lieber zu.

Alle trinken Schnaps und Bier, als ob es keine Mangelwirtschaft gibt. Zwei meiner Onkel sind Alkoholiker. Einer wohnt in einer kleinen Dachwohnung, in die es hineinregnet. Neue Dachpfannen gibt es keine, dafür aber Alkohol, durch den man die Dinge leichter und einfacher sehen kann. Auch meine Großmutter hat für besondere Gäste immer eine Flasche Danziger Goldwasser hinter ihrem Sofa versteckt. In diesem Likör schneit es Gold, wenn man die Flasche schüttelt. Eine Schneekugel mit alkoholischem Treibstoff. Die Art von Treibstoff, der in der DDR nie zur Neige ging. Im größeren Nachbarort gab es ein kleines Lebensmittelgeschäft, einen Fotoladen und einen Spirituosenladen. Mehr brauchten die Menschen nicht.

Errungenschaften des Sozialismus: soziale Sicherheit und verwirklichte Menschenrechte.
(Propaganda der SED am Grenzzaun bei Sonneberg, 1977)

Als wir von der Kneipe nach Hause kommen, gibt es dann endlich ein richtiges Gespräch. Auch wenn jeder auf seine Weise aufgebracht und aufgewühlt ist. Aber es ist wenigstens ein Gespräch. So wurde gesagt: *Man muss sich halt anpassen. Wenn man sich anpasst, kann man sogar ganz gut leben.* Jetzt ist es an mir, etwas zu sagen, und ich kann und will mich nicht mehr zurückhalten: *Glaubt ihr das wirklich? Wo fängt denn für euch das gute Leben an? Ist es euch egal, dass ihr nicht sagen könnt, was ihr denkt? Ist es euch egal, dass ein falsches Wort ausreicht, um eine Akte anzulegen oder einen Spitzel auf euch anzusetzen? Ihr müsst es doch wissen, dass die Überwachung durch eure Sprachpolizei lückenlos ist und welche Folgen das haben kann.* Ich weiß, ich rede mich in Rage, aber es hilft nichts. Ich kann mich, so wie mein Vater, einfach nicht zurückhalten.

Meine Cousins und Cousinen reden durcheinander: *Hier im Dorf ist es vielleicht nicht ganz so schlimm. Wir waren ja nur bei den Pionieren und haben im Sportunterricht mit Handgranaten trainiert.* Torsten zwinkert mir schließlich zu: *Lass gut sein. Es war ein langer Tag.* Ich nehme schließlich die Hand meiner Cousine, die neben mir sitzt, und sage: *Ich wünsche mir nichts sehnlicher, als dass die Grenzen wieder offen sind.*

Wir sitzen jetzt im Kreis. Die Bluse meiner Cousine streift meinen Unterarm. Sie atmet tief ein und spricht schließlich aus: *Wir doch auch.* Ich atme mit meiner Cousine wieder ein und hoffe, dass wir dasselbe fühlen. Ich frage nicht nach, weil ich Angst vor der Enttäuschung habe, dass es nur ein Nach-sprechen ist.

Schließlich unterbricht meine Oma das Gespräch. Über-nachten sollen wir unbedingt bei ihr im kuscheligen Feder-bett in ihrem Schlafzimmer. Sie besteht darauf, auf der har-ten Couch zu schlafen, und hat uns ihr Doppelbett bezogen, in dem sie immer alleine geschlafen hat. Als wir protestieren, lacht sie laut auf: *Lasst mich. Drüben kann ich schnarchen so laut, wie ich will.*

Schlafen kann ich trotzdem nicht, obwohl ich ihr Schnar-chen nur gedämpft auf der anderen Seite des Flurs höre. Es ist kalt hier oben unter dem Dach. Es gibt im Haus keine Heizung, nur eine Feuerstelle in der kleinen Küche, die sich hinter einem dünnen Vorhang genau im Schlafzimmer be-findet. Wenn ich aufs Klo will, muss ich ins Erdgeschoss, denn nur dort gibt es eine Toilette. Und da ich mich nicht traue, die quietschende Treppe hinunterzugehen, pinkle ich notgedrungen in die kleine Bettschüssel neben der Tür. Erst dann schlafe ich ein. Morgens wache ich neben meiner Mut-ter auf, der genauso kalt ist wie mir.

Das Frühstück ist mindestens so üppig wie das Abendes-sen. An den gekochten Eiern hängen noch die Federn. *Die Eier wurden gerade frisch gelegt,* schmunzelt meine Oma stolz, die wie eine Statue am Fenster steht und unser West-Auto betrachtet. *Das müsst ihr mir nach dem Frühstück un-bedingt mal zeigen,* spricht meine Oma für meine Cousins aus, die sich nicht trauen, danach zu fragen.

Nach dem Frühstück besichtigen wir mit meinen Cousins erst unser Auto, werfen einen Blick unter die Motorhaube und besuchen danach Friedrich, den zweitbesten Freund meines Vaters, in einem der Nachbarorte. Jahre später, als er zum Bürgermeister gewählt wird, erfahren wir, dass auch er ein Inoffizieller Mitarbeiter der Stasi gewesen war.

In der DDR waren Friedrich und die anderen anständige Lügner. Sie waren nicht für den Staat, aber auch nicht dagegen. Wenn es aber darum ging, ihr eigenes Idyll mit Vorgarten aufrechtzuerhalten, wurden sie zu Menschen ohne Gewissen und hielten nicht stand. Während ich mit ihm rede, denke ich: *Vielleicht ist Anpassung im Denken und Handeln einer der Knackpunkte in unserer Evolution. Kompliziertes kann im Kern ganz einfach sein. Das macht es vielleicht so kompliziert.*

Wir sitzen in Friedrichs Wohnzimmer, das vollgestopft ist mit Häkelsachen. Häkelpuppen, Häkeldecken, Häkelanhängern und Häkelübertöpfen. Seine Frau scheint nichts anderes zu machen. Ein ungleiches Paar, sie ziemlich voluminös und er daneben wie ein kleines Strichmännchen.

Während Friedrich redet, spüre ich, dass er Aufmerksamkeit braucht. Vielleicht war daher der Betrug am Gegenüber gar nichts Besonderes für ihn. Es muss seine Bürgerpflicht gewesen sein, dafür zu sorgen, dass sich auch der beste Freund korrekt und linientreu verhält. Vielleicht eine Art Genugtuung im Kleinen? Das Gefühl, dem anderen, der im Sport besser und bei den Mädchen beliebter war, diesmal überlegen zu sein. Seine Frau, die penibel die linken Maschen abkettet, hat ihn nicht davon abgehalten und wusste vermutlich noch nicht einmal davon. Während ich Friedrich zuhöre, ahne ich das erste Mal, dass es verschiedene Arten von Gewissen geben muss.

Als ich mit meiner Mutter und Torsten zurück durch das Dorf zum Haus meiner Großmutter fahre und danach einen Spaziergang mache, bewegen sich die Gardinen wieder hin und zurück. Das dunkle Grün der Kiefern dämpft den Blick ins Innere der Häuser. Einmal winke ich, aber niemand winkt zurück. Schnell werden die Gardinen zurückgezogen.

Ich schaue wieder zu den hohen Kiefern und sehe, dass die Antennen auf den Häusern alle in dieselbe Richtung ausgerichtet sind. Nur eine Antenne ein paar Häuser weiter hinten tanzt aus der Reihe. Torsten sagt nur: *Den holt bestimmt auch bald die Stasi.* Ich schlucke seinen Satz laut herunter. Torsten entschuldigt sich. *Ist schon gut.* Ich sage nicht, was ich denke, nämlich, dass Loyalität wohl auch bedeutet, dass man meldet, wenn die Fernsehantenne des Nachbarn zu weit nach Westen ausgerichtet ist. *Ist schon gut*, sage ich noch einmal. *Es ist ja leider nie wirklich ganz vorbei. – Ja,* sagt er, *Menschen ändern sich vielleicht nie.*

Auf dem Dorfplatz kommen wir am kleinen Konsum vorbei. Mein Cousin meint: *Lass uns mal reingehen. Heute soll es Schinken geben.* Ein Reingehen ist nicht möglich. Dafür reihen wir uns in eine lange Warteschlange ein, die bis vor die Ladentür geht. *Das ist eine sozialistische Wartegemeinschaft,* raunt er mir zu.

Mir scheint, dass wir auch während des Einkaufs nicht unbeobachtet sind. Denn kaum stehe ich mit meinem Cousin in der Schlange, sehe ich, wie sich zwei Männer rechts und links vom Haus aufstellen und verkrampft versuchen, in eine andere Richtung zu gucken. Als ich einen von beiden mit meinem Blick fixiere, setzt er seine Brille ab und fängt an, sie mit ausladenden Bewegungen zu putzen. *Wer sind die?*, frage ich Torsten, der nur mit den Achseln zuckt. *Keine Ahnung. Die kommen nicht von hier.* Als wir endlich an der Ladentheke stehen, platziert sich der mit der Brille in der

Tür. Der Verkäufer hat zwar nicht mehr den heißbegehrten Schinken, aber immerhin noch Wurstenden für uns. *Komm nächste Woche wieder,* sagt er zu Torsten, *da hab ich vielleicht was für euch.* Während der Mann mit der Brille aus der Tür verschwindet, frage ich ihn: *Was ist denn nächste Woche?* Torsten erwidert: *Ach, das ist nur so ein Spruch. Vielleicht gibt es nächste Woche »Bück-dich-Ware«. So heißt Ware, die nur unter dem Ladentisch verkauft wird.*

Als wir bei meiner Oma die Wurstenden auspacken, traue ich mich dann doch, meine Cousins und Cousinen zu fragen: *Was wünscht ihr euch am meisten, wenn es keine Grenze mehr gibt?* Die Antwort kommt prompt: *Verreisen, Bananen und Jeans. Einfach nur mal sehen, wie es drüben ist.* Das wollen eigentlich alle.

Die nächsten Tage unternehmen wir Ausflüge in die nähere Umgebung. Da wir ein westdeutsches Auto fahren, werden wir überall als »Wessis« erkannt. In Lübtheen rufen sich ein paar junge Volkspolizisten abwertend zu: *Guckt mal, die Wessi-Weiber.* Ich weiß, dass nicht nur unser weißes Auto mit den roten Sitzen, sondern auch unsere Kleidung seltsam kontrastreich aussehen muss.

Meine Großmutter, meine Tante und meine Cousins stört das nicht. Sie fahren immer mit, wenn wir einen Ausflug machen, egal, ob sie arbeiten müssen. Da nicht alle ins Auto hineinpassen, fährt mein Cousin mit dem Moped hinterher. Auf diese Weise fahren wir am dritten Tag in die nächstgelegene Bezirksstadt nach Ludwigslust, um unseren Besuch bei der Volkspolizei ordnungsgemäß anzumelden. Mein Onkel Walter muss mit. Dafür sorgt meine Oma: *Zieh dich schön an, wenn du mit den beiden hübschen Frauen los-*

gehst. In seinem Anzug sieht er zwanzig Jahre älter aus. Er hat Angst. *Ihr dürft nichts sagen.* Wir haben nun auch Angst. Ich sage nichts.

Auf der Polizeiwache lässt man uns merken, dass mein Vater immer noch als Verbrecher gilt. Ich fühle mich auf einmal wieder wie ein ängstliches Kind.

Danach besuchen wir meinen Onkel Hermann, der eine Bäckerei ein paar Dörfer weiter betreibt und der uns jedes Weihnachten riesige Cremetortenstücke schickt. Wir dürfen im Wohnzimmer sitzen. Nur meine Oma bekommt von seiner Frau eine Tasse Kaffee eingeschenkt.

Als wir meinen Onkel zum fünfzigsten Geburtstag meines Vaters einladen, lässt uns meine Tante noch mehr spüren, dass wir nicht willkommen sind. Sie sagt unfreundlich: *In den Westen geht er nicht!* Und Hermann, der an die Schuhe seines Bruders denkt und an die verpassten und verbotenen Chancen, nickt ihr träumerisch, aber zustimmend hinterher, während sie in der Küche verschwindet und nicht mehr wiederkommt, um uns zu verabschieden. Schnell machen wir uns wieder auf den Rückweg. Draußen am Gartentor fange ich zu weinen an.

An diesem Tag komme ich nicht mit in die Kneipe. Ich sitze im Hof mit meiner Oma auf der Bank und beobachte Torsten, wie er an seinem Moped herumschraubt.

Wenn ich meine Oma Meta von der Seite aus ansehe, sehe ich eine alte, leicht buckelige Frau, die mit ihren siebzig Jahren schon wie neunzig aussieht. Ihre Haare hat sie mit einem Haarnetz zum Dutt gebunden, und ihre Kleidung besteht je nach Anlass aus einer neuen oder einer verschlissenen Kittelschürze. Trotz ihres harten Lebens jammert sie nie und ist immer zufrieden. Und das, obwohl sie alleine mit ihren sechs Kindern war und als Vorarbeiterin im Wald schwere Arbeit bewältigen musste.

Es war nicht leicht, sechs Kinder zu versorgen. Um satt zu werden, mussten sie hart anpacken. Vor der Schule trieb Wolfgang mit seinen Brüdern immer die Kühe des Bauern zusammen, um sich das Frühstück, ein paar Scheiben Schwarzbrot, zu verdienen. Manchmal liefen ihnen die Kühe wieder davon, und sie kamen zu spät zur Schule. Sie hatten eine sprichwörtlich wilde Kindheit, in der sie vor allem draußen waren und Mutter Meta erst abends wieder von der Arbeit nach Hause kam. Oft waren die Kinder dann von der frischen Luft so müde, dass sie direkt nach dem Abendessen einschliefen.

Anfangs hat meine Oma als die Fremde im Dorf alles klaglos ertragen, still und bescheiden. Nur als Wolfgang von seinem Lehrer geschlagen wurde, weil er etwas angestellt hatte, ging sie zur Dorfschule, stellte sich vor den Lehrer, machte sich groß und sagte: *Was erlauben Sie sich eigentlich? Sie haben nicht das Recht, meine Kinder zu schlagen. Wenn überhaupt, dann habe ich das Recht dazu.* Und da meine Oma im Dorf inzwischen fast zu einer Respektsperson geworden war, erwiderte er nichts mehr, nahm sich aber vor, meinem Vater nicht mehr ganz so gute Noten zu geben.

Auch wenn sie im Dorf als arm galt, glaube ich heute, während ich neben ihr sitze, dass sie sich nie arm gefühlt hat. Ich sehe vielmehr, dass sie sich an kleinen Dingen erfreut. An Weihnachten war es schon eine Freude, wenn sie ihren Kindern etwas Besonderes zu essen kochen und Bleistifte für die Schule schenken konnte. Das größte Geschenk, das sie sich selbst machte, war ein Radio.

Als sie später mit einem Visum nach Westdeutschland

einreisen durfte, fiel mir als Erstes auf, dass sie zu erstaunlichen Leistungen in puncto Nahrungsverzehr fähig war. Sie aß bei uns immer doppelte Portionen, wie wenn sie auf Vorrat speiste und nicht nur um des Genusses willen. Außerdem liebte sie es, neben meinem Vater vorne im Auto zu fahren und mit uns Mensch-ärgere-Dich-nicht zu spielen.

Im Nachhinein glaube ich, sie war in der Lage, in ihrem aus unserer Perspektive eintönigen Alltag Lebensfreude zu sammeln. Sie hat sich nicht auf das konzentriert, was sie nicht hatte. Sie hat das als Geschenk angenommen, was da war. Wenn wir alleine waren, so wie jetzt, hat sie oft zu mir gesagt: *Glaub mir. Die besten Dinge kosten nichts.*

Vor allem war sie lebenslustig: Wenn alle Kinder schliefen, tanzte sie in der Küche und hörte heimlich im Radio Musik von Heino. Sie hatte keine Zeit, um herauszufinden, ob sie mit einem anderen Mann glücklich geworden wäre. Vielleicht lag deswegen auf ihrem Nachttisch jahrelang das Buch *Vom Winde verweht.*

Trotzdem hat sie nie aufgegeben. Ihr Haushalt war perfekt. Sie hat gewaschen, gekocht, gebacken, und so etwas wie Urlaub, das gab es nicht. Sie wusste lange Zeit gar nicht, was man dabei empfindet, wenn man einfach nur die Füße hochlegt. Ihre Kinder, nicht ihre wenigen Freunde, waren das Wichtigste für sie.

Auch im Ruhestand musste sie immer etwas schaffen. Müßiggang lag ihr nicht, und es fiel ihr schwer, die freie Zeit zu genießen. Wenn sie nichts zu tun hatte, löste sie Kreuzworträtsel oder ging spazieren. Im Sommer saß sie mit einer Tasse Kaffee auf der Bank im Hof und schaute, so wie ich gerade, Torsten beim Herumschrauben oder den Tieren zu. In diesen Momenten fühlte sich meine Oma reich, weil sie das Gefühl hatte, dass sie ihren Kindern alles gegeben hatte, was ihr möglich war. Außerdem war sie froh, dass sie im Alter keinen Mann hatte, um den sie sich auch noch hätte kümmern müssen.

Das Einzige, wogegen sich meine Oma auflehnte, waren die Volkskammerwahlen, die für sie nicht mehr als »Zettelfalten« waren. *Ich gehe erst wieder hin, wenn ich wirklich eine Wahl habe,* protestierte sie. Am Wahltag hielt sie es dann aber doch nicht durch, wenn ihre Kinder und Schwiegerkinder gleichzeitig auf sie einredeten und dann auch noch der Bürgermeister vor der Tür stand, weil das Wahlrecht im Grunde genommen eine Pflicht war. Nicht wählen zu gehen, galt fast als eine Straftat, selbst wenn man keine Wahl hatte. Er klopfte und bollerte dann an die Tür: *Meta, ich weiß, dass du da bist. Komm endlich wählen.* Und meine Oma, die sich wie eine Verliererin vorkam, schlich im Windschatten des Bürgermeisters hinter ihm her.

Trotz aller Rückschläge in ihrem Leben war meine Oma der Ansicht, dass Liebe wichtiger ist als gesellschaftliche Konventionen, dass jeder seinen eigenen Weg finden muss und am Ende alles gut wird, auch wenn es nicht danach aussieht.

Ich bin noch ganz in Gedanken, als mich meine Oma mit ihrem spitzen Ellenbogen in die Seite knufft. Meine Mutter hat meine Tante untergehakt und besichtigt mit ihr den Hühnerstall. Ich könnte angesichts der Geschichten meiner Oma fast anfangen zu weinen, aber mein Cousin Torsten kommt auf mich zu und schlägt mir eine Fahrt mit seinem Moped vor.

Ich reagiere nicht gleich, da legt er seine Hand auf meine Schulter und fragt: *Kommst du? Wir fahren auch nicht weit.*

Als ich zu ihm hochschaue, sehe ich in seine Augen und in das Gesicht meines Vaters. Er sieht ihm auffallend ähnlich, und das ist auch der Grund, warum Torsten der liebste Enkelsohn meiner Oma ist. Aufstehen kann ich nur in Zeitlupe. Auf einmal will ich nicht, dass er die Hand von meiner Schulter nimmt.

Als ich mich auf das Moped hinter ihn setze, spüre ich noch den Abdruck seiner Hand. Er sagt, *du musst dich aber festhalten,* und dreht am Handpedal. Wir fahren ohne Helm vom Hof auf den Feldweg in Richtung Wald.

Es ist meine erste Fahrt auf einem Moped. Wären wir in Hamburg, dann hätte meine Mutter zumindest deutlich protestiert. Hier aber gibt es nur die Natur und so gut wie keinen Autoverkehr. Die Kühe vom Bauern nebenan sind die einzigen Lebewesen weit und breit. Am Ende der Straße liegt der Truppenübungsplatz, auf dem ein Teil der Bäume abgeholzt wurde. Deswegen ist hier der Waldbewuchs auch dünner als unten im Ort. Heidekraut wächst in kleinen Tupfen aus dem Boden. Am Horizont erahne ich eine große Fläche aus Sand, die von Weitem aussieht wie eine Düne.

Plötzlich hält Torsten an. Jetzt sehe ich, dass wir vor einem Schild stehen. Militärischer Sicherheitsbereich steht dort. Und etwas kleiner darunter: Grenze des Truppenübungsplatzes, Schieß- und Übungsbetrieb. Blindgänger, Lebensgefahr. Unbefugtes Betreten des Platzes ist verboten und wird strafrechtlich verfolgt.

Willste mal was sehen, fragt mich Torsten. *Was denn,* frage ich zurück. *Da hinten im Wald gibt's ein Dorf, in dem keiner mehr wohnt,* raunt er mir zu. *Aber da dürfen wir doch nicht hin,* wende ich ein. Nun dreht er sich zu mir um. *Doch, ich kenne einen Schleichweg. Und die Minen?* Da dreht er schon wieder am Gashebel und ruft zu mir nach hinten: *Willst du jetzt was sehen oder nicht?* Mit dem Motorengeräusch verschwinden auch meine Zweifel. *Aber nur, wenn wir heil wieder zurückkommen. – Na klar,* ruft er nun nach vorne. Ich rufe zurück: *Versprich's!*

Da fährt er auch schon los. Beim Anfahren fliegen mir meine langen Haare direkt ins Gesicht. Irgendwann schnappe ich mit meinem Mund nach den Strähnen und halte sie fest, damit ich wieder etwas sehen kann.

Auf einmal habe ich keine Angst mehr vor den Minen. Das Moped rüttelt und holpert. Ich habe nur Angst, hinunterzufallen. Aber je fester ich Torsten umarme, umso weniger Angst habe ich vorm Runterfallen. Ich weiß, es ist auch der Rausch der Geschwindigkeit, der die Angst vertreibt. Jetzt nur nicht die Körperspannung verlieren. Haltung zeigen, auch im letzten Winkel der Euphorie.

Auf einer Wiese mitten im Wald bleiben wir stehen. Ich stehe inmitten der Griesen Gegend auf einem dünenartigen Weg. Der sandige Boden in einer Mischung aus hellbrauner und aschgrauer Farbe, drumherum sehe ich schmale Feldstreifen, Kiefern, Wollgras und Preiselbeeren. Torsten zeigt mir das Ortsschild, das schon halb verwittert ist. »Quast« steht darauf. Schräg dahinter steht ein einzelnes Gebäude auf der Wiese, daneben Kastanien und ein paar Obstbäume. Neben einem Brunnen setzen wir uns auf die Überreste eines Kellerverlieses. Viele verfaulte und ein paar essbare Äpfel liegen auf dem Boden. Ich schaue auf die Rückseite des Ortsschildes. *Was ist das hier?*

Torsten hebt einen Apfel auf und dreht ihn langsam in seinen Händen: *Das ist ein verlassenes Dorf. Hier wohnten*

mal neun Familien. Ungefähr zu der Zeit, als dein Vater ver-
haftet wurde, mussten sie auch gehen. Wegen dem Militär-
übungsplatz. Da war kein Platz mehr für das Dorf und seine
Bewohner.

Ich frage ihn: *Kommst du oft hierher? – Manchmal.* Er
wirft den Apfel von einer Hand in die andere. Ich werfe ihm
die nächste Frage hin: *Und hast du keine Angst?* Er antwortet
mit kräftiger Stimme, aber kurz angebunden: *Angst ist was*
für Feiglinge.

Jetzt muss ich doch noch mal nachhaken, obwohl ich inzwischen befürchte, ihn zu nerven: *Und du willst kein Feig-*
ling sein? Während ich das frage, landet der Apfel in der linken Hand und bleibt dort liegen. Jetzt schaut er mich an und
erwidert sehr zufrieden: *Jedenfalls nicht in diesem Leben.*

Ich sage nichts und sehe das gleiche Flackern in seinen
Augen, das ich schon von meinem Vater kenne. Die Fahrt
mit dem Moped hat mich schwindelig und übermütig gemacht. Ich stehe auf und werfe einen Blick in den Brunnen,
indem ich mich mit dem Oberkörper ziemlich weit hinein-
beuge. *Ist da noch Wasser drin?* Torsten ist auch aufgestanden
und steht jetzt neben mir. Er sagt: *Lass das lieber sein. Das ist*
noch gefährlicher als die Minen, die aus der Heide wachsen.
Wir stehen jetzt dicht nebeneinander, dichter als auf dem
Moped, auf dem ich mich von hinten an ihm festgehalten
habe. Ich versuche, ihn nicht anzuschauen. Vor lauter Verle-
genheit versuche ich mir das Gespensterdorf vorzustellen,
das auf keiner Karte mehr existiert.

Torsten legt jetzt wieder seine Hand auf meine Schulter.
Ich lasse sie dort liegen und schaue auf das Ortsschild, damit
ich ihn nicht angucken muss. Er drückt mir den Apfel in die
Hand und beugt sich zu mir herüber. Die untergehende Son-

ne färbt seine Haare rötlich. Es geht ein leichter Wind, als er mich küsst. Es ist nur ein Kuss auf die Wange, aber der erste in meiner Erinnerung.

Lass uns gehen, es ist schon spät, und kalt wird es auch. Ich weiß nicht mehr, wer von uns das gesagt hat. Zurück fährt er zügig, aber nicht mehr waghalsig, vorbei an den Minen unter der Heide und vorbei an den Kühen.

Auf dem Feldweg steigt er ab. Das letzte Stück zum Haus lässt er mich fahren. Seine Hand liegt auf meiner und dreht am Handpedal. Die andere Hand spüre ich nun wieder warm auf meiner Schulter. Dass ich den Motor abwürge, liegt nicht nur daran, dass ich noch nie gefahren bin.

Im Hof warte ich auf ihn, bis er sein Moped abgestellt und das Tor zum Feldweg abgeschlossen hat. Dann erst setzen wir uns in die Küche. Die Oma kommt herein und zwinkert mir zu: *Du weißt schon, dass der Torsten in dich verschossen ist, oder? Seitdem ihr da seid, badet er jeden Morgen.* Sie zeigt in das Bad, das direkt von der Küche abgeht. Torsten wird rot. Ich sage nichts und lächele ihn, als die Oma aus dem Raum gegangen ist, an und sage: *Schon gut. Sie meint es ja nicht so.*

Es ist das erste Mal, dass ich mich in der Küche genauer umsehe, die so anders ist als unsere. Hier wird noch gekocht und geschuftet. Der Tisch in der Mitte des Raumes ist definitiv zum Arbeiten da. Im großen Waschzuber wird neben dem Geschirr auch die Wäsche gewaschen. Und tatsächlich geht direkt von der Küche das Bad ab. Ich habe es nicht gleich gemerkt, weil ich anfangs dachte, dies sei der Vorratsraum. Torsten folgt meinen Blicken: *Alles anders als bei euch zu Hause, oder?* Ich nicke und glaube, ich werde jetzt auch ein bisschen rot.

Einen Tag bevor wir wieder nach Hause fahren, besuchen wir einen anderen Onkel, der in einem alten Bauernhof wohnt. Diesmal fahren wir allein, weil keiner mitfahren will. Seen, Moorgebiete, Wälder und Heidelandschaften ziehen an der holprigen und kurvenreichen Straße vorüber. Die ganze Vielfalt der Landschaft von Mecklenburg-Vorpommern. Die Fahrt versöhnt uns und macht fast ein wenig glücklich.

Eine lange Auffahrt führt zum Haus, das am Rand einer alten Schlossruine liegt. Durch die Bäume sieht man Zinnen, die sich kühn über das kleine Waldstück erheben, das mein Onkel mit seinen fünf Kindern bewirtschaftet. Direkt neben dem Bauernhaus liegt der Kuhstall. Wir werden freundlich empfangen, ein wenig zurückhaltender als in Alt Jabel. Denn hier gibt es keine Oma, die die Unterhaltung vorantreibt. Und so sitzen wir meist schweigend im Wohnzimmer neben dem Kuhstall, hören die Rinder schnaufen und trinken Kaffee.

Jedes Mal, wenn die Tasse leer getrunken ist, bekommen wir eine neue. Es sind schöne Sammeltassen, die nicht zum Innenleben des heruntergekommenen Bauernhauses passen. Obwohl alle anderen es vormachen, löffeln wir den Kaffeesatz nicht aus. Wir verabschieden uns und ahnen, dass wir uns nicht mehr wiedersehen werden. Nur die Kaffeetassen bleiben im Gedächtnis.

Als wir den nächsten Tag wieder zurück über die Grenze fahren, müssen wir an einem Vorposten einige Kilometer vor den Baracken anhalten. Da ich direkt bis zur Schranke fahre und nicht vor einem unscheinbaren weißen Strich auf der Straße anhalte, nimmt uns ein junger Grenzpolizist ins Visier. Mit seiner Maschinenpistole schlägt er demonstrativ gegen die Schranke und belehrt uns, dass wir an der weißen

Linie halten müssen. Also fahre ich im Rückwärtsgang zurück und bleibe wie befohlen vor der weißen Linie stehen. Ich merke, dass auch das nicht richtig ist. Meine Mutter will durch das heruntergekurbelte Fenster etwas sagen, während ich schon zusammenzucke. Er brüllt ohne Vorwarnung: *Halten Sie den Mund. Ich spreche mit der Fahrerin.*

Wir müssen aussteigen und unsere Papiere vorzeigen. Wieder herrscht er uns an und telefoniert aus einem Häuschen mit einem unsichtbaren Gegenüber. Als er uns passieren lässt und wir bei den Baracken ankommen, wissen wir, mit wem er telefoniert hat. Auch dort steht ein junger Offizier mit strengem Gesicht und militärischem Ton, der das ganze Auto durchsucht und einen Spiegel unter das Auto fährt, als ob wir jemanden über die Grenze schmuggeln wollen. Sogar das Geschirr, das wir uns gekauft haben, wird unter ein Röntgengerät gelegt, wie um uns vorzuführen, was alles möglich ist. Es sind jedoch nicht die technischen Möglichkeiten, die mich beeindrucken, sondern die jungen Offiziere, die nur wenige Jahre älter sind als ich und uns herumkommandieren. Später, in den Jahren nach der Wende, frage ich mich: *Was machen sie heute? Hatten sie Zeit, ihren Blickwinkel zu verändern?*

EIN VIERTELJAHRHUNDERT

Die Mauer wird so lange bleiben, wie die Bedingungen
nicht geändert werden, die zu ihrer Errichtung geführt
haben. Sie wird auch noch in fünfzig und auch in
hundert Jahren noch bestehen bleiben, wenn die dazu
vorhandenen Gründe nicht beseitigt sind.
(Erich Honecker, 19. Januar 1989)

Fünfundzwanzig Jahre sind seit seiner Flucht über die Elbe
vergangen. Fünfundzwanzig Jahre später sah Wolfgang seine
Geschwister wieder. Siebenundzwanzig Jahre später war die
Berliner Mauer Geschichte.

Am 10. November 1989, am Tag nach der Grenzöffnung,
saß Wolfgang in seinem Mercedes und fuhr in Richtung
DDR. Er war voller Erwartung. Es war ein Jahrhunderttag,
wie man ihn meistens nur einmal erlebt. Aber die lange Au-
toschlange stoppte ihn schon mehrere Kilometer vor der
Grenze. Jetzt konnte er endlich zu seiner Mutter und seinen
Geschwistern, aber ein Stau bremste ihn aus. Erst ging es
noch im Schritttempo vorwärts und irgendwann vor der
nächsten Ortschaft gar nicht mehr. Seine Frau legte ihre
Hand auf seine. *Vielleicht versuchen wir es morgen wieder.*

Auf einen Tag mehr oder weniger kommt es ja nicht an. Allmählich kam es auch ihm vor, als wolle der Stau ihm sagen, es sei besser, umzukehren. Wolfgang, der fünfundzwanzig Jahre auf diesen Moment gewartet hatte, drehte um. *Sicher, morgen ist auch noch ein Tag,* sagte er mit Enttäuschung in der Stimme. Denn noch während er zurückfuhr, geschah das Historische einfach weiter.

Am nächsten Morgen fuhr er ganz früh von Hamburg bis ans Ende eines winzigen Staus vor der Grenze. Er war einer der Ersten, den die Grenzer am Todesstreifen durchwinkten. Wolfgang war nervös und verwirrt. Er hatte etwas anderes erwartet, jedenfalls kein harmloses Durchwinken. Und schon gar nicht den schusseligen Günter Schabowski, der als SED-Politbüromitglied in der vorletzten Nacht das Wort *unverzüglich* in den Mund genommen hatte.

Wolfgang glühte vor Freude bei der Aussicht, nach fünfundzwanzig Jahren seine Geschwister endlich wiederzusehen, und Freudentränen stiegen ihm in die Augen. Er fühlte sich beschenkt und nicht mehr gedemütigt, als er auf den Sandweg zur Kirche einbog.

Er stoppte einige Meter vor dem Haus und ließ seinen Tränen freien Lauf. Obwohl seine Frau mitgekommen war, stieg er erst einmal alleine aus dem Auto. Er ging den Sandweg entlang. Der Sand unter seinen Füßen war plötzlich hell und gar nicht mehr gries. Es drückte auch nichts mehr auf seinen Schultern. Die Zeit, die zurücklag, war zwar nicht schnell vergangen, aber dieses letzte Stück Heimweg ging er, wie wenn es den ganzen Schmerz nie gegeben hatte.

In diesem Moment wollte er ganz für sich alleine sein, und er begann zu spüren, dass auch mit ihm etwas wirklich Historisches geschah.

Als sich die Tür öffnete und sein Bruder Walter vor ihm stand, war die Freude des Wiedersehens noch größer als die Freude über die Grenzöffnung. Einen Augenblick verharrten die beiden Brüder, dann lächelten sie sich an. Ohne Eile ging Wolfgang mit seinem Bruder in die Küche. Erst jetzt nahmen sie sich in die Arme. Auch sein Bruder weinte ein paar Tränen. Er war älter geworden. Wolfgang hatte damit gerechnet. Aber nun war es doch etwas anderes, auf einmal in sein von der Sonne gegerbtes Gesicht mit den eingefallenen Wangen zu sehen.

Wolfgang stützte sich auf den großen Küchentisch, an dem er schon in der Kindheit mit seinen Geschwistern gesessen hatte. Am anderen Tischende saß seine Mutter, die konzentriert an einem Geflügelknochen herumpulte und nicht aufsah. Ein feuchter Geruch hing über dem Raum. Sein Blick schweifte einmal ringsum. Auf einem Regal standen kleine Keramikgefäße, die er nicht kannte. In einem steckte eine kleine Rose aus Plastik. *Meine Frau hat nicht übertrieben. Ihr habt es sehr schön hier,* sagte er in die Stille hinein. *Wir haben nicht mit dir gerechnet,* erwiderte sein Bruder. *Aber schön ist es, dass du gleich gekommen bist.*

Wolfgang überhörte den Widerspruch. So wie er fast alles an diesem ersten Tag überhörte und übersah. Die Zurückhaltung und die Spinnweben sah nur seine Frau. Er hatte nur Augen für die Schönheit der Landschaft, die Felder, den Wald und seine Mutter, die am Küchentisch sitzen blieb und mit einem abgebrochenen Kartoffelschälmesser das restliche Fleisch vom Knochen abkratzte. Wolfgang sagte: *Mama, ich bin's.* Und sie, ohne von ihrem Knochen aufzublicken: *Ich kenn dich ja. Ich seh' dich doch jedes Jahr in Hamburg.*

Es war ein kalter Tag im November. Ähnlich dem Tag, als Wolfgang über die Elbe geschwommen war. Schließlich stand er im Hof und setzte sich auf die kleine Bank mit Blick auf den Stall und die umliegenden Bäume. In der Ferne waren die Felder mit einer leichten Schneeschicht bedeckt. Während seine Frau mit ihrer Schwägerin den obligatorischen Gang in den Hühnerstall machte, ließ er sich von seinem Bruder die letzten Jahrzehnte erzählen. Es hatte sich kaum etwas verändert. So empfand es zumindest Wolfgang, auch wenn sein Bruder ihm ganz viel zu berichten hatte.

Wolfgang blickte über den Hof und zum Stall und sah seinen Bruder wieder zurück ins Haus gehen, wo das Leben mit seinen Geschwistern und seiner Mutter von vorne begann. Tag für Tag, Woche für Woche, Monat für Monat, Jahr für Jahr, Jahrzehnt für Jahrzehnt, seit jenem Abend, als er sie verlassen hatte.

Wolfgang schluckte seine Empörung hinunter, als er bemerkte, dass der Schäferhund, der vor seiner Hundehütte hinten im Hof lag, an der Kette lag. Eingesperrt – wie er selbst damals. Ein kleiner Hof musste Menschen und Hunden genügen. Damit er den Hund nicht anschauen musste, setzte er sich seitwärts auf die Bank und sah so auf die Hintertür, die wieder aufging, als sein Bruder voll beladen mit Fotoalben den Hof betrat.

Walter setzte erst die Fotoalben auf der Bank ab und dann sich selbst. Seine Gummistiefel schmatzten im Schlamm. Als sein Bruder auf die verblassten Fotos der letzten Jahrzehnte zeigte, bemerkte Wolfgang, dass der Dreck unter den Fingernägeln seines Bruders dunkler war als der Schlamm an seinen Gummistiefeln.

Auf einmal hatte Wolfgang das Gefühl, dass er nie mehr wegwollte, auch wenn der Hund immer noch angekettet war und er und sein Bruder sich ein wenig verschämt anguckten. Denn wie er so seinen Bruder in den erdigen Gummistiefeln betrachtete, wurde ihm bewusst, dass auch er in diesem Boden verwurzelt war.

Sein größter Wunsch, der ihn all die Jahre hindurch genährt hatte, war in Erfüllung gegangen. Er war wieder zu Hause. In dieser Überwältigung horchte Wolfgang in sich hinein. Die Gedanken, die ihn sonst beschäftigten, blieben an diesem Tag still und fern. Er hörte nur zu. Während er mit Walter sprach, hatte er das Gefühl, dass sein Herz zwar mitkam, sein Kopf aber noch nicht.

Immerhin, am Ende des Tages wurde das Leben, von dem sie sich erzählten, klarer, und sie waren sich einig, dass der Hund von der Leine genommen werden musste und der Apfelbaum hinter dem Hühnerstall mindestens genauso gewachsen war wie sie.

Wolfgang befand sich nun wieder in seinem früheren Leben. Ein tiefes Heimatgefühl, das nichts mit der DDR zu tun hatte. Die Wälder, die Heide, das Dorf inmitten von Bäumen. Vielleicht war auch das einer der Gründe, warum er immer wiederkam.

Drinnen ist es so düster, sagte seine Frau, als sie wieder nach Hause fuhren. Und Wolfgang antwortete ohne Zögern: *Es gibt nicht so viele Orte wie diesen.*

Als er das nächste Mal in die DDR fuhr, besuchte er auch seinen Bruder Hans, der immer noch in der Dachwohnung lebte, in die es hineinregnete.

Hans hing an der Flasche. Nach der Trennung von seiner

Frau und den Kindern war es noch schlimmer geworden. Aber das kümmerte Wolfgang nicht. Er sah, dass Hans Zuspruch gut gebrauchen konnte, und beschloss, ihm zu helfen. Er konnte die Zeit nicht zurückdrehen, aber wenigstens seinem Bruder etwas zurückgeben, selbst wenn es nur die Würde war, die man ihm selbst auch schon einmal wegnehmen wollte.

Ein paarmal kam auch Wolfgangs Frau mit. Danach nicht mehr. Zu bedrückend war es für sie, das mitanzusehen, selbst wenn das Dach nun frisch gedeckt wurde und Hans ein paar neue Möbel bekam.

Seitdem Hans zu trinken angefangen hatte, begann sein Verstand, langsamer zu arbeiten. Erst dachte er, es sei nur eine Grippe. Aber dann stellte er fest, dass der Nebel in seinen Gedanken immer dichter wurde. Es war nicht nur die Trägheit, die ihn lähmte, sondern auch die Leere, die sich in seine Gedanken einschlich. Jahrelang fühlte er sich als »Assi«. So nannten sie in der DDR die Menschen, die nicht immer eine Arbeit hatten.

Bis Wolfgang kam. Da hatte er nicht mehr nur wirre Gedanken im Kopf, sondern wusste auf einmal sehr klar, wer vor ihm saß. Da saß er nicht einfach nur herum, sondern fing an, herumzulaufen und aufzuräumen. Da lief er auf einmal nicht mehr bucklig, sondern gerade. Wenn Wolfgang zu Besuch kam, hatte er zwar immer noch feuchte Hände, aber sein Herz wurde ruhig und pochte bei Weitem nicht mehr so laut. Für seinen Bruder musste er kein anderer werden. Vielleicht fühlte er sich deswegen so anders, wenn Wolfgang bei ihm war.

Und doch: Ein Vierteljahrhundert kann man vielleicht erzählen, vielleicht auch nachfühlen, auch wenn man es nicht zusammen erlebt hat. Es bleibt aber immer eine Lücke zwischen dem Früher und dem Jetzt, die auch der beste Familienkitt nicht schließen kann.

Wolfgang fiel auf, dass im Vergleich zu den Fernsehbildern, auf denen die Menschen euphorisch über die Grenze stürmten, die Stimmung in seiner Familie und im Dorf eher verhalten und verwirrt war. Denn ein neues Wertesystem gab es noch nicht. Deswegen fuhren die meisten seiner Brüder in den ersten Monaten nach der Grenzöffnung auch nicht nach Westdeutschland, weil sie sich ständig fragten: *Darf man das überhaupt?*

Als Wolfgang mit einem seiner Neffen in Hamburg das Begrüßungsgeld ausgeben wollte, wurde ihm bewusst, dass man sogar Angst vor dem Westen haben kann. Angst vor der überwältigenden Auswahl von teilweise unnützen Dingen, bis sein Neffe sich schließlich ein Telespiel kaufte und so wie seine Eltern vor dem Fernseher sitzen blieb, obwohl oder weil nichts mehr normal geblieben war. Denn keiner hatte genau verstanden, wie sich die Dinge entwickelt hatten, geschweige denn, wie sie sich weiter entwickeln würden. Dieses Schwanken, diese Erschütterung. Auf einmal lag nichts mehr im Plan. In solchen Momenten wurde Wolfgang bewusst, dass er trotz allem Glück gehabt hatte, weil er nicht fünfundzwanzig Jahre lang in einem Land mit unmenschlichen Regeln eingesperrt gewesen war.

Aber es gab auch Lustiges und nicht nur Trauriges, als die Menschen plötzlich mit neuen Gepflogenheiten konfrontiert wurden. Obwohl die Frau von Hermann nicht damit einverstanden war, besuchte Wolfgang seinen Bruder weiterhin. Er schenkte ihm auch ein paar neue Schuhe und freute sich über die Cremetorten, die in seiner westdeutschen Diät nicht vorkamen.

Bei einem seiner zahlreichen Besuche erzählte ihm Hermann, der im Gegensatz zu seiner Frau langsam aufzutauen begann, von den neuen Herausforderungen, die sie nun zu bewältigen hatten. Wie dieser Zwischenfall im Urlaub. Seine Tochter holte zu Hause die Post aus dem Briefkasten und rief ihn aufgeregt an. *Papa, da steht, du bist Millionär. Du musst sofort nach Hause kommen.* Hermanns Tochter schloss die Augen und riss sie wieder auf. Auf dem Briefumschlag stand immer noch: *Sie sind Millionär!*

Herrmann am anderen Ende der Leitung fühlte sich so gut wie lange nicht mehr. An Hoffnungen festhalten, die sich nie verwirklichen. Sich von Versprechungen täuschen lassen, das kannte Hermann eigentlich nur zu gut. Als er seinen Urlaub abbrach und zu Hause den Briefumschlag öffnete, der letztendlich nur Werbung für ein Lotteriespiel war, hoffte er nur, dass er nicht der Einzige war, dem so etwas im neuen Westen passierte. Nur Wolfgang und seiner Frau, die ihm genauso sympathisch war wie damals Helga, konnte er davon erzählen.

Nach der Wende bekam Wolfgang wieder Briefe von Klaus, der ihn auch besuchte. Klaus war ganz erstaunt, dass Wolfgang nicht von der BRD freigekauft worden war und seine Strafe fast ganz absitzen musste.

Nicht nur beim Abschied, sondern auch in seinen Briefen wiederholte er sich: *Wolfgang, vergiss nie, was sie uns angetan haben.* Einmal las Wolfgang seinen Kindern einen dieser Briefe vor. Klaus, der inzwischen als Agronom in Dresden arbeitete, schrieb:

Lieber Wolfgang,

Autos und Traktoren sind inzwischen viel komplizierter geworden. Immer mehr neue Teile gibt es jetzt, manchmal sogar aus China. Eigentlich sind wir Menschen untereinander uns doch viel ähnlicher als Fahrzeuge. Bei uns sind viel mehr gleiche Teile verbaut. Wenn wir uns das bloß mal bewusst machen würden.

ADAC

Bevor ich zum Studium nach Süddeutschland gehe, komme ich für lange Zeit ein letztes Mal in die ehemalige DDR. Diesmal als Promoterin für den ADAC. Meine Schulfreundin Jenny hatte mich darauf gebracht. *Das ist gut verdientes Geld*, sagt sie. Und so ist es dann auch. Wir sind wie Zigeuner und touren von einer Kleinstadt in die andere. Wir haben nichts anderes zu tun, als Mitglieder für den ADAC zu werben. Was in Westdeutschland schwierig ist, weil es dort schon so viele Mitglieder gibt, ist im Osten ein Leichtes. Menschenschlangen bilden sich an unserem Stand, und alle unterschreiben das Formular, das uns jedes Mal eine Provision einbringt. Mit der Zeit kommen uns jedoch Bedenken, als wir verstehen, dass viele der Menschen, die bei uns anstehen, gar kein Auto haben. Die gelbe Mitgliederkarte wollen sie trotzdem. Sie wollen sie unbedingt, selbst wenn wir sie darauf aufmerksam machen, dass das ohne Auto doch völlig sinnlos ist. Allmählich begreifen wir. Die gelbe Magnetstreifenkarte ist nicht nur eine Karte, sie ist der Ausdruck von Freiheit, der Inbegriff einer neuen Zeit. Selbst wenn man nicht einmal ein Auto besitzt.

Meine Cousins und Cousinen treffe ich das letzte Mal auf

einer dieser Durchreisen. In Lübtheen übernachte ich nicht im Hotel. Eine Familie hat mir ihr Doppelbett überlassen und ist ins Wohnzimmer gezogen, wo sie nun auf einem Matratzenlager schlafen. Frühstück gibt es in einer kleinen Küche, die vom Wohnzimmer durch ein riesiges Aquarium getrennt ist. Das Salzwasseraquarium ist der Stolz der ganzen Familie. Keines von der billigen Sorte, sondern einzigartig in Größe und Fischbestand. Während ich meinen Toast mit Marmelade esse, stelle ich mir vor, dass es für die Fische wohl so ist, als sei dieser Behälter die ganze Welt.

Die Besitzerin des Aquariums zeigt auf besonders wendige Taucher mit schuppenartigen Lanzen. *Das ist die Stasi*, erklärt sie mir stolz. Neugierig geworden, zeige ich auf zwei Fische mit einem Riesenschmollmund. *Das sind Erich und Egon*, ergänzt sie völlig unbekümmert. *Echt jetzt?* Mehr kann ich nicht antworten. Sie fragt zurück: *Mögen Sie keine Fische? Doch, doch*, erwidere ich, *am schönsten finde ich diese vielen kleinen Tarnfische, die sich an ihre Umgebung anpassen.*

Das Besondere aber sind die Korallen, deren harte Schale sie vor den gefräßigen Fischen schützt. Eine von denen ist so wie mein Vater, denke ich, angewidert und fasziniert zugleich von der Schönheit dieses Beckens. Bis ich schließlich die Korallenpolypen entdecke, die eine ganz besondere Aufgabe haben. Sie lassen die Korallen wachsen, indem sie einen neuen Kalkhaufen auf ihrem alten bilden. So wie mein Vater, der trotz seiner harten Schale immer weitergewachsen und widerstandsfähig geblieben ist. *Ja*, lächelt die Frau mich an, *gegenüber den Korallen ziehen die Fische letztendlich immer den Kürzeren.*

Unseren ADAC-Stand kann ich vom Küchenfenster aus sehen. Wie eine gelbe Anmaßung auf dem Vorplatz der Kirche und gleich neben dem Fotoladen, in dem nun nicht mehr das Foto meines Vaters hängt.

Am Nachmittag kommen meine Cousins und Cousinen vorbei. Gott sei Dank kann ich ihnen verständlich machen, dass sie, die kein Auto besitzen, auch keine gelbe Magnetstreifenkarte brauchen. *Ihr braucht so wie ich erst mal einen richtigen Kaffee,* lenke ich ab und ziehe sie zu dem neu eröffneten Eiscafé, in dem es außer schwarzem Kaffee neuerdings auch Cappuccino gibt. Während ich Mühe habe, mit meinen Stöckelschuhen auf dem Kopfsteinpflaster Balance zu halten und gleichzeitig zu sprechen, kichern sie. Als ich Torsten in die Arme falle, prusten wir alle lauthals los. Mein gelbes Käppi ist mir vom Kopf gefallen. Torsten setzt es sich auf und manövriert mich zu den Stühlen. Bevor wir die Bestellung aufgeben, frage ich eine meiner jüngeren Cousinen, wie es denn in der Schule so läuft. Sie antwortet lachend: *Na ja, wir werden heute für Dinge gelobt, die uns früher Ärger eingebracht haben.*

Ich bekomme meinen Cappuccino. Torsten hält mit seinem Cappuccino mit Vanilleschuss dagegen. Als alle Kaffeespezialitäten serviert sind, sagt Torsten, dem mein Käppi fast in die große Tasse fällt: *Das ist echt lecker.* Die anderen stimmen höflich ein. Ich lächle in die Runde: *Ich weiß, ihr mochtet den Bodensatz lieber.*

Aber nein, der ist wirklich gut, erwidern sie fast wie im Chor. *Ich ziehe weg. Wir sehen uns erst einmal nicht mehr wieder,* sage ich schließlich, um das entstandene Schweigen wegzuwischen.

Torsten verschluckt sich am Cappuccino. *Also, wir sind vielleicht auch nicht mehr lange hier.* Ich spüre etwas zwischen Abschied und Aufbruch, zwischen Enttäuschung und Erwartung in seiner Stimme, als er für alle anderen spricht. Während ich das Flackern in seinen Augen beobachte, begreife ich, dass es vielleicht auch die Chance einer Wiedervereinigung in unseren Köpfen gibt, wenn wir uns die Zeit nehmen, zusammenzuwachsen.

Aber nach diesem letzten Mal im Café sehen wir uns nicht wieder. Ich konnte es damals nicht wissen, und doch hatte ich eine leise Ahnung. Diese Ahnung sehe ich auch in Torstens Gesicht, der antwortet: *Schau'n wir mal.*

Ich bin Anfang zwanzig. So gutgläubig wie damals mein Vater vor seiner Verhaftung. Ich nippe weiter an meinem Cappuccino und denke nur: *Zeit ... Wir haben ja noch unendlich viel Zeit.*

Jahrzehntelang habe ich meine Cousins und Cousinen nicht mehr gesehen. Ich wohne jetzt im Süden Deutschlands, und sie wohnen fast alle immer noch in ihrer alten Heimat. Ich ahne, dass uns damals mehr verbunden hat als heute, dreißig Jahre nach der Wiedervereinigung.

Meine Schulfreundin Jenny, die mir den Tipp mit dem ADAC gegeben hatte, wohnt seit der Wende in Leipzig. Erst der Arbeit und dann der Liebe wegen. Als ich sie dort besuche, muss ich sie gleich fragen: *Wie lebt es sich als Wessi im ehemaligen Osten?* Damals stellt mich ihre Antwort zufrieden: *Hier heißen ja alle Mandy oder Jenny. Darum falle ich gar nicht auf.*

AUFBRUCH

Geduckt haben wir gelebt, wir richteten uns ein,
jeder auf seine Weise – bis wir uns aufrichteten, für
kurze Zeit nur, mit vielen, vielen zusammen.
(Theologe Friedrich Schorlemmer, Spiegel Geschichte
3/2015)

Nachdem Wolfgang erreicht hatte, dass Hans das Dach gedeckt bekam, wandte er sich dem Haus zu, in dem seine Mutter wohnte. Auch dieses hatte dringend eine Renovierung nötig, aber es gehörte nicht ihr, sondern der Landwirtschaftlichen Produktionsgenossenschaft, die aufgelöst worden war. Wolfgang ging mit ihr und seinem jüngsten Bruder zu den Behörden und stellte Anträge, damit sie das Haus zu einem günstigen Preis kaufen konnten, bevor es sich die Treuhand unter den Nagel riss. Das gelang ihm, wurde jedoch nicht mit Dankbarkeit quittiert. Irgendwie begann es selbstverständlich zu werden, dass der Bruder aus dem Westen zu helfen hatte. Wolfgang trug das mit Fassung. Es war ihm egal. Hauptsache, er konnte überhaupt etwas tun.

Hans war da anders. Er freute sich jedes Mal wie ein Kind, wenn Wolfgang kam, und versteckte seine Freude nicht. Als

Wolfgang ihn das vorletzte Mal in seiner Wohnung besuchte, saß er in sich zusammengesunken am Küchentisch. Er konnte kaum seine Bierflasche in der Hand halten, so stark zitterte er. *Wenn Sie weiter trinken, dann werden Sie noch kränker*, sagten die Ärzte zu ihm. Zu Wolfgang sagte Hans: *Wenn ich nicht zu trinken aufhöre, dann bleibe ich trotzdem krank, nur merke ich es nicht so.*

Wolfgang stand vor dem Kühlschrank, der auf einmal ungewöhnlich laut brummte. Das künstliche Licht zeichnete Falten in sein Gesicht, die vorher nicht da waren. Er kam sich vor wie ein Dieb vor einem leerem Kühlschrank. Immer wenn Wolfgang Hans besuchte, dachte er: *Wer weiß, wie ich jetzt wäre, wenn ich hiergeblieben wäre.*

Da Hans immer kränker wurde, organisierte ihm Wolfgang einen Platz im Altersheim, obwohl er rein rechnerisch noch nicht im Rentenalter war. Hier schien es Hans etwas besser zu gehen. Wenn Wolfgang ihn besuchte, konnte er wieder lachen, auch wenn es Pointen waren, bei denen anderen das Lachen verging.

Wenn Hans einigermaßen klar im Kopf war, unterhielten sie sich meistens über ihre Kindheit. Denn an die Kindheit konnte sich Hans noch am besten erinnern, während sich alles, was danach kam, nicht mehr richtig zusammenflicken ließ.

Die Gespräche mit seinem jüngeren Bruder taten Hans gut. Es war wie eine letzte Verbindung zur Gegenwart, wenn sich Wolfgang neben ihn setzte und vorher die Gardinen in seinem kleinen Zimmer zur Seite zog. *Lass doch mal die Sonne rein,* begann Wolfgang das Gespräch und zog ihn mit auf den kleinen Balkon, auf dem in einer Nische immer ein paar Bierflaschen lagen.

Verboten hatten sie ihm sein Bier nicht. Aber er durfte

maximal zwei Flaschen am Tag trinken und musste seinen Konsum auch deswegen rationieren, weil die Preise in dem kleinen Kiosk im Erdgeschoss auf West-Niveau angestiegen waren. Mit seinem Bruder trank er immer nur eine Flasche. Ehrensache, dass er ihm, der noch Auto fahren musste, nicht mehr anbot.

Das Zittern war auch besser geworden, seitdem er nicht mehr so viel trank. Er konnte nun mit Wolfgang anstoßen, ohne dass ihm die Flasche aus der Hand fiel. *Mir geht es hier gut,* sagte Hans. *Besser als alleine unterm Dach auf der Stelle treten. Hier hab ich wenigstens meinen Skatabend.* Wolfgang sagte immer: *Es ist, wie es ist.* Und wenn Hans ins Stocken kam, weil seine Gedanken sich verirrten, legte er nach: *Das geht mir auch manchmal so.*

Und weil Hans sich vor seinem Bruder nicht schämte, erzählte er ihm auch, wie beschissen es ihm manchmal ging, wenn er nachts im Traum ins Bett gemacht hatte und wieder diese grässliche Windelhose tragen musste. Wolfgang konnte dann nicht mehr sagen: *Das geht mir auch so.* Aber ein *Wir werden alle mal älter* war auch schon ganz gut.

Sosehr Wolfgang versuchte, im Kleinen zu helfen, musste er auch mitansehen, wie sich Dinge in die falsche Richtung entwickelten. Wie die Selbstachtung immer mehr verloren ging, weil es keine Arbeit mehr gab. Wie die Männer immer mehr tranken und die Frauen darum kämpften, die Familien über Wasser zu halten. Wie entweder Leute aus dem Westen oder ehemalige Stasi-Mitarbeiter wichtige Positionen bekamen, weil die Oppositionellen in der DDR ja nicht studieren durften. Wie die Funktionäre erst abtauchten und dann wieder auftauchten. Wie im neuen Osten ein gewisses

Maß an Verlogenheit weiterhin wichtig war. Wie die neuen Investmentfirmen nur die gebrauchen konnten, die nur das Positive hervorhoben.

Wolfgang sah, wie die Aufbruchsstimmung und gemeinsam mit ihr der gute Willen immer mehr verflogen. Er sah die Unversehrtheit der Landschaft und die Gier der Investoren, aber auch die desolate Befindlichkeit der Menschen, denen auf einmal Demokratie beigebracht wurde.

Während die Politiker noch von blühenden Landschaften schwärmten, sah Wolfgang die Probleme in aller Deutlichkeit. Oft schon war er Hass und Willkür persönlich begegnet, dem Ausverkauf seiner Heimat aber noch nie.

Sein Bruder Hans, der früher in der Schlachterei gearbeitet hatte, sagte dann immer: *Wer ans Filetstück will, der kommt ums Schlachten halt nicht herum.*

Bevor Hans ins Altersheim ging, war auch er einer der vielen Menschen geworden, die Dinge taten, die nichts mehr mit ihrem ursprünglichen Beruf zu tun hatten. Er kam damit nicht zurecht und wurde immer mehr vom Quartalstrinker zum Gewohnheitsalkoholiker.

Bei Wolfgangs altem Freund Klaus war das zum Glück anders. Er schaffte es, oben zu bleiben, auch wenn er aus seiner Mietwohnung in Dresden ausziehen musste, weil westdeutsche Investoren das Gebäude gekauft hatten und es sanieren wollten.

Und der Haifisch, der hat Zähne
Und die trägt er im Gesicht
Und MacHeath, der hat ein Messer
Doch das Messer sieht man nicht.
(Bertolt Brecht, Dreigroschenoper)

Neben den zweifelhaften Aktivitäten der Treuhand und der Spekulanten gab es aber auch noch eine andere Wahrheit. Die Wahrheit, dass die Zahl der Ungelernten in der DDR groß war, dass es auch hier Renten unter der Armutsgrenze gab und dass nun, aufgrund der jahrzehntelangen Mangelwirtschaft, die alte Ökonomie wie ein fragiles Kartenhaus in sich zusammenfiel.

Für Wolfgang war die ehemalige DDR aber immer noch ein Land, das nicht nur aus Spekulationsobjekten bestand. Er fühlte sich dabei klein und machtlos, zugleich verweigerte er sich gegen jegliche Form der Nostalgie, die in seinen Augen nur die Vergangenheit beschönigte.

Und so zerbröselte die DDR vor Wolfgangs Augen, so wie einige seiner Freundschaften, die auch nicht mehr wiederbelebt werden konnten. Entweder weil zu viel Zeit vergangen war oder weil er sich in den Menschen getäuscht hatte und sie doch nicht seine Freunde gewesen waren. Den Unterschied festzustellen, fiel ihm nach all den Jahren immer noch ziemlich schwer.

Manche schauten Wolfgang auch deswegen so misstrauisch an, weil sie in ihm einen *Alteigentümer* sahen. Einer von denen, die auf der Suche nach einem Haus waren, das früher ihnen gehörte und das sie jetzt wieder zurückhaben wollten. So piekfein wie er lief sonst jedenfalls keiner herum. Auf groteske Weise machte ihn das erneut verdächtig.

Und schließlich gab es die, die ihn nicht mochten, weil er nun, ganz wie die verhasste Treuhand, auch aus dem Westen kam. Manche dachten dann: *Es wird schon seinen Grund gehabt haben, dass sie ihn weggesperrt haben.*

Wolfgang fuhr auch deswegen so häufig in die alte Heimat, um sich zu rehabilitieren. Was ihm im Westen dank diverser Anträge auf Aufhebung der Strafverfolgung schon längst gelungen war, wurde im Osten zu einer Aufgabe, der er sich immer wieder stellen musste und die seltsamerweise nie ganz zu Ende war. Die Steine aufrichten, die in den Köpfen der anderen umgefallen waren. Das konnte eine Lebensaufgabe sein. Bei Wolfgang beanspruchte sie einen langen Teil seines Lebens.

Auch nach der Wende konnte man erkennen, wer bei der Staatssicherheit gewesen war. So etwa der hagere, schattenlose Mann in einem aufblühenden Handwerksbetrieb, der wie durch ein Wunder nach der Wende einen Notfallplan hatte und der Wolfgang und seine Frau im schmierigen Kommandoton begrüßte.

Umarmungen, die keinen Nachhall in der Seele fanden. Im Gegensatz zu Wolfgang hatte seine Frau das feinere Gespür, wer es wirklich ernst meinte und wer zu den alten Eliten gehörte. Immer weniger wollte sie mit ihm dorthin. Und reinigte sich ihre Hände nach jedem Besuch intensiver. Weinte nach jedem Neustart etwas leiser. Wenn er sie darauf ansprach, hatte sie so wie Helga eine dieser Seifenallergien.

Ein besonderes Verhältnis entwickelte Wolfgang zu seinem ehemaligen Lehrer, der ihm vor Ewigkeiten eine Backpfeife wegen des verunstalteten Fotos von Walter Ulbricht gegeben hatte. Er war nicht nur wegen der Backpfeife bei ihm in Erinnerung geblieben, sondern auch, weil er sich jetzt, mehr als fünfundzwanzig Jahre nach seiner Flucht, für Wolfgangs Leben interessierte.

Der Lehrer war ein beinharter Kommunist. Wolfgang gefiel, dass er auch nach der Wende noch dazu stand. Wolfgang begrüßte ihn jedes Mal mit: *Erinnerst du dich? Du hast mir in der Schule immer nur Fünfen und Sechsen gegeben.* Sein Lehrer erwiderte jedes Mal: *Ach, Wolfgang, das kann nicht sein. Davon weiß ich ja gar nichts.*

Wenn er seinen Lehrer besuchte, musste er am Haus vorbei, in dem früher sein Freund Edgar gewohnt hatte. Jedes Mal beschleunigte er dann seinen Schritt. Und das, obwohl Edgar schon längst tot war. Er war früh gestorben. Wolfgangs Mutter sagte immer: *Der hat seine Strafe auf andere Art bekommen.* Edgar erkrankte so wie viele andere an den Umständen.

Einmal sagte der Lehrer, der inzwischen wie der Anstrich der alten Dorfschule immer grauer geworden war, etwas sehr Wichtiges zu Wolfgang. *Die Menschen entfernen sich hier von dir, weil du ihnen den Spiegel vorhältst. Und das ist schwer zu ertragen, wenn man eigentlich alles vergessen will.*

Wolfgang konnte damit nur schwer umgehen. Aber er wusste, dass sein Lehrer vermutlich recht hatte. Die Menschen versuchten zu vergessen. Und nun kam Wolfgang und lenkte alleine durch seine bloße Gegenwart die Aufmerksamkeit genau auf diesen einen, noch immer wunden Punkt.

Mit der Zeit besuchte Wolfgang vor allem seine Mutter und seinen Bruder Walter. Obwohl Wolfgang ja gar nicht in diesem Haus aufgewachsen war, spürte er mit den Jahren immer mehr Verbindung zu diesem Ort, weil seine Mutter dort wohnte. Als Meta 1998 nachts an Herzversagen verstarb und friedlich entschlief, wurden die Besuche jedoch immer weniger.

Zum vorläufig letzten Mal sah Wolfgang seine Geschwister, als sein Bruder Hans beerdigt wurde. Die Mutter hatte extra Geld zurückgelegt, damit Hans, der nicht viel hatte, auch einen kleinen Grabstein auf ihrem Grab bekommen sollte. Die Beerdigung fand dann aber nicht am Grab der Mutter, sondern in einer sandigen Ecke des Waldfriedhofs statt, wo keine Kiefern mehr wuchsen und auch keine Grabsteine mehr geplant waren.

Ihr verscharrt ihn ja wie einen Hund, brüllte Wolfgang nach der Bestattung unter Tränen. *Die Beerdigungen werden auch immer teurer*, erwiderten sie. Wolfgang vermutete, dass sie ihn anlogen. Ihm fiel es schwer, zu akzeptieren, dass das Geld, das seine Mutter für die Beerdigung seines Bruders zurückgelegt hatte, nun nicht mehr dafür zur Verfügung stand. Was aber am schlimmsten für ihn war, war die Tatsache, dass seine Geschwister ihm vorher nichts davon gesagt hatten. Jetzt lag Hans unter der Erde unter dem griesen Sand, ohne Grabstein, ohne eine Erinnerung.

Wolfgang hatte als Einziger einen Blumenkranz dabei. Als er den Kranz ablegen wollte, sagte der Friedhofsgärtner zu ihm, er könne ihn eigentlich gleich wieder mitnehmen. Bei dieser Art von Beerdigung sei Grabschmuck nicht vorgesehen. Als die Beerdigung vorbei war und alle gegangen waren, kehrte Wolfgang erneut zu der Stelle zurück, wo sein Bruder begraben worden war. Der Kranz lag achtlos in einer anderen Ecke des Friedhofs. Wolfgang legte ihn wieder zurück an den für ihn so wichtigen Platz.

Seit der Beerdigung sprach Wolfgang kein Wort mehr mit seinen Geschwistern. Sie waren für ihn erledigt. Er für sie aber auch. Von nun an war er wieder der eingebildete Bruder aus einem anderen Land, und Wolfgang kam jetzt nur noch zu besonderen Anlässen nach Alt Jabel.

Die fünfzigjährige Konfirmation war solch ein Anlass. Wolfgang hatte inzwischen ein anderes Auto. Niemand erkannte ihn. Niemand sprach ihn an. Dafür tuschelten sie untereinander, bis jemand aus einer Gruppe an ihn herantrat und ihn nach seinem Namen fragte. *Ich bin Wolfgang.*

Als immer noch keine Reaktion kam, sagte Wolfgang schließlich: *Na der, der über die Elbe geschwommen ist.* Jetzt wurden auch die anderen hellhörig: *Du bist der Wolfgang? Wir haben dich für den Fotografen gehalten. Oder für einen Künstler.* Wolfgang lachte: *Wie kommt ihr denn darauf?* Sie erwiderten fast wie im Chor: *Deine Haare und deine Fliege.* Wolfgang, der schon immer stolz auf seine Beatles-Frisur gewesen war, lachte jetzt noch lauter. Er verkniff sich aber zu sagen: *Ihr habt euch ja gar nicht verändert.* Stattdessen schüttelte er brav allen nacheinander die Hand und sagte nur: *Schön, euch zu sehen.* Seine Frau schüttelte sich die Insekten von ihrer geblümten Bluse und machte einen Schritt zur Seite, als Wolfgang von einem Pulk grauhaariger Frauen in weißen Blusen umringt wurde. Die nächsten Male kam sie nicht mehr mit, da sie immer weniger seine Liebe zu dem Land und zu den Leuten teilen konnte. Wenn sie ihn fragte, warum er sich eigentlich immer so schick anziehe, wenn er in die ehemalige DDR fährt, antwortete er, *meine Mutter kann auch vom Himmel aus sehen, wie ich angezogen bin.*

Nach dem Fest anlässlich des Konfirmationsjubiläums ging Wolfgang vor allem zum Friedhof und zu ein paar Bekannten aus den Ortschaften. Der Friedhof war für ihn immer ein besonderes Erlebnis, weil er dort den Erinnerungen an seine Kindheit nachhängen konnte. Eine Kindheit, die zwar ärmlich war, aber die er im Laufe der Jahre immer mehr verklärte.

Auf dem Friedhof war er meistens alleine. Kaum jemand verirrte sich hierher, auch nicht, wenn er am Wochenende kam. Wenn man die schmale Straße entlangschaute, konnte man die Parkplätze am Freibad erahnen. Und Wolfgang sah auch, ob sich jemand auf den Weg zu ihm machte.

Der Friedhof am Rand des Dorfes blieb all die Jahre ein Anziehungspunkt für ihn, wohl weil seine Mutter dort begraben war. Aber er hing auch an der Schönheit des Waldes, der sich hier in seiner ganzen Pracht zeigte. Er liebte den mit Kiefernnadeln bedeckten Boden. Das Harz der alten Kiefern, die schon seit Jahrhunderten dort standen. Sie standen dort wie einsame Wächter mit langen Wurzeln, die auch bis zu den anderen Bäumen reichten. Wie ein Mysterium, das sich nie ganz entschlüsseln ließ. Und an manchen Tagen, wenn er alleine im Schatten der Bäume stand und auf das Grab seiner Mutter schaute, wollte er einfach nur eins mit diesem Boden werden.

Ein Plan beschäftigte ihn viele Jahre. Er wollte sich gerne ein altes Haus in dieser Gegend kaufen, eines, das auch zu Hause in Hamburg auf Gegenliebe stieß.

Auf dem Weg zum Friedhof fuhr er durch etliche Dörfer, immer auf der Suche nach dem einen Schmuckstück, das ihm und vor allem seiner Frau gefallen würde und das er wieder herrichten könnte. Mit eigenen Händen aufbauen und neu gestalten. Er stellte sich vor, wie er den Fußboden abschleifen, Fenster und Türen streichen, Dachpfannen ersetzen und neue Mauern ziehen würde. Wände und Räume errichten. Vielleicht auch neue Grenzen ziehen. Es kam nie dazu.

Und so blieb das Grab seiner Mutter das Symbol eines Grundstücks für ihn, das er sich nie gekauft hatte. Vielleicht könnte auch er sich irgendwann hier hineinlegen, wenn er aufgehört hatte zu kämpfen. Bei Albert Camus las Wolfgang, dass Sisyphos trotz seiner immer wiederkehrenden Aufgabe ein glücklicher Mensch gewesen sein muss.

OSTERFEUER

Immer wenn ich umziehe, kommt mein Vater, um mir zu helfen. Ich glaube, er hat es nie ganz verwunden, dass ich aus Hamburg nach Süddeutschland gezogen bin. Es war Zufall, aber die Zeit der Wende verlief parallel mit meiner Loslösung von zu Hause. Ich wurde flügge, während mein Vater Stück für Stück in den Boden hineinwuchs, aus dem er gekommen war. Vielleicht sollte auch daher am besten alles beim Alten bleiben und ich ihn auf keinen Fall verlassen.

Und so sitzen wir im Jahr 2005 bei einem weiteren Umzug zusammen und sortieren die Dinge, die ich mitnehmen will und die ich ihm überlasse. Vielleicht hofft er insgeheim, ich würde es mir später anders überlegen und zöge doch noch einmal nach Hamburg zurück. Vielleicht nimmt er deswegen meine alten Möbel mit, um mir in Hamburg ein zweites Zuhause einzurichten.

Ich weiß, es fällt ihm schwer. Jeder neue Abschied, jeder Neuanfang an einem anderen Ort, der nicht nur für mich, sondern auch für ihn einer ist. Wir gehen noch einmal um das Haus herum, aus dem ich nun ausziehe, und halten uns das erste Mal seit Langem wieder an den Händen. Ich nicke ihm zu. Er nickt zurück: *Lass uns anfangen.*

Da ich aus einem kleinen Haus mit einem großen, verwilderten Garten ausziehen muss, der bei der Übergabe nicht mehr verwildert sein darf, haben wir viel zu tun. Die Gartenarbeit beansprucht uns den ganzen Tag. Als wir fertig sind, türmt sich ein Riesenhaufen Geäst vor uns auf. Es ist Karsamstag. In Hamburg genau der richtige Tag, um ein Osterfeuer an der Elbe zu entzünden. Leider aber nicht in Baden-Württemberg. Wir tun es trotzdem. Es qualmt und lodert am Rand des Landschaftsschutzgebietes bis in den Abend hinein. Wir sitzen am Rand des Feuers, sind geschafft und zufrieden und trinken unser erstes Bier. Andere haben das Feuer von Weitem gesehen. Ein Anwohner hat die Polizei gerufen, die jetzt mit einem Streifenwagen den Feldweg an den Schrebergärten entlangfährt und Kurs in unsere Richtung über die Wiese nimmt. Zwei Polizisten steigen aus und stehen vor uns. Sie sind freundlich und verstehen auch ein bisschen unsere Not. Mein Vater, der das Verhandeln gelernt hat, überzeugt sie davon, dass es besser ist, das Gestrüpp abbrennen zu lassen. *Wir sind bald fertig,* sagt er noch und klopft dem einen Polizisten freundschaftlich auf die Schulter. *Aber nicht mehr Auto fahren,* erwidert der andere. *Nö, auf keinen Fall,* bete ich herunter und bin erleichtert wie schon lange nicht mehr.

Ich bin stolz auf dich, sagt mein Vater an diesem Abend. Und ich weiß, er meint es auch so. Frauen hat er schon immer mehr respektiert und geachtet, weil sie in seinen Augen immer mehr geleistet haben. So wie seine Mutter, die für ihn und seine Geschwister ihr ganzes Leben lang da gewesen war und sich ihre kleinen Freuden aus den kleinen Dingen holte.

Wir schauen ins Feuer, und es ist das erste Mal, dass er über Bautzen redet. Nicht lange, aber doch so viel, dass ich erahnen kann, was ihm widerfahren war, vor fast genau fünfundvierzig Jahren.

Am Osterfeuer fernab der Heimat ist es leichter, nach getaner Arbeit über das Gefängnis zu sprechen. Trotzdem sagt er schneller, als mir lieb ist: *Lass uns über was anderes reden.* Ich bin ein bisschen enttäuscht über sein Schweigen. Ich ahne aber, warum er die Vergangenheit lieber begraben will. In den Sechzigerjahren gab es noch keine Psychologen, mit denen man ein Trauma aufarbeiten konnte. Und ich bezweifle auch, dass mein Vater überhaupt jemand war, der solch ein Angebot in Anspruch genommen hätte. Wenn er heute davon spricht, wird er wieder zum Zeugen eines Alptraums, den er eigentlich schon längst vergessen hat.

Manche Dinge in seinem Leben waren so schlimm, dass sie nicht erzählt werden können. Vielleicht spricht er deswegen auch am Osterfeuer von sich, als spräche er über jemand anderen. Und so kann auch ich ihm nicht dahin folgen, wo er alleine bleibt, weil er es nicht zulässt. Er zieht sich schneller zurück, als ich nachfragen kann. *Was wünschst du dir noch im Leben,* beantwortet er mir nie. Als gäbe es nichts Unwichtigeres, als darauf eine Antwort zu suchen. Er kann nur kurz auflachen über mich. Manchmal sagt er wenigstens: *Ich habe doch schon alles. Ich habe schon alles gewagt.*

Eine Hundertstelsekunde lang glaube ich, dass ich wieder mehr über ihn weiß. Eine Hundertstelsekunde lang glaube ich, dass dieser Moment nicht wieder vergeht.

Rückblickend weiß ich, dass ihm Familie wichtig ist. Dass er mir genau die gleichen Chancen gibt wie meinem Bruder. Dass er in meinen Augen manchmal zu willensstark ist. Dass er mir alle Rebellion, die auch gegen ihn gerichtet ist, verzeiht und dass er nur bei anderen nachtragend ist. Dass er mir auch verzeiht, dass ich aus Liebeskummer nicht zur Beerdigung seiner Mutter gekommen bin, ist nach all den Jahren wohl der größte Beweis seiner Liebe. Und so erwidere ich die Zuneigung und sage schließlich zu ihm, während wir am Feuer sitzen: *Ja, lass gut sein. Lass uns über was anderes reden.*

Während wir stumm in die Flammen schauen, spüre ich, dass wir etwas besitzen, das reicher macht als Geld. Etwas, mit dem wir auch das Schlimmste überstehen können, wenn wir es nicht vergessen. Es ist die Liebe zur Familie und zu Menschen, die uns wichtig sind. Mit all dieser Liebe schätze ich ihn wert und versuche ihn zu verstehen, selbst wenn das bedeutet, dass ich auch sein Schweigen verstehen muss.

Plötzlich ist da wieder seine lange vergrabene väterliche Zärtlichkeit. Die harte Korallenschale bricht auf, und wir halten uns an den Händen. So wie früher, als er mir beim Waldspaziergang das Einmaleins beibrachte. Er ist wieder mein Vater, der mich beschützt und der mich manchmal zu sehr behüten will. In diesem Moment verzeihe ich ihm alles, was jemals gewesen ist. Meinen Schmerz und seinen Schmerz. Meine Sehnsucht und seine Sehnsucht. Der Frühling im Herbst, den auch ich schon oft erlebt habe. Mein Vater ist nun nicht mehr in meinem Kopf, sondern wohnt wieder in meinem Herzen. Händchen haltend, Vater und Tochter, auf stabilem Boden. Fernab der Heimat und doch nicht heimatlos.

DAS WALDBAD

Fünfundzwanzig Jahre nach der Wende komme auch ich wieder mit nach Alt Jabel. Diesmal nicht mit dem ADAC, sondern mit meinem Vater, der seine Brüder nicht mehr besuchen kann, selbst wenn er nach der Sache mit Hans wieder gewollt hätte. Denn inzwischen sind alle tot.

Nur seine Schwester lebt noch. Sie wohnt schon lange in Sachsen. Das Verhältnis ist auch nicht mehr so innig wie früher. Seitdem sie im Streit zu ihm gesagt hatte, *Ich hätte dich damals auch verraten können*, spricht er ebenfalls kein Wort mehr mit ihr. Mein jüngster Cousin wohnt jetzt in Omas Zweizimmerwohnung unter dem Dach. Wir machen einen Tagesausflug, ohne zu übernachten. Torsten, der inzwischen auch Kinder hat und in einem anderen Dorf wohnt, sehe ich nicht mehr wieder. Auch hier sind die Jahre ohne Übergang verstrichen. Unser Leben findet jetzt woanders statt. Unsere Gedanken sind woanders. Unsere Seelen auch. Nur unsere Herzen manchmal nicht.

Als meine Oma noch lebte, hat mein Vater nicht protestiert, wenn sie wieder das Märchen vom Millionär aufleben ließ. Ich glaube sogar, meinem Vater gefiel das. In den Augen seiner Mutter, seiner Geschwister und denen des ganzen Dorfes hatte er es geschafft. Er war geflohen, und er war kraft seiner Hände und seines Verstandes aufgestiegen. Er hatte aus nichts etwas geschaffen, was ihm keiner mehr nehmen konnte. Die Bauern und ihre Söhne, die ihm früher aus Mitleid ein halbes Stück Schwarzbrot fürs Zusammentreiben der Kühe gegeben hatten, saßen immer noch auf ihren Feldern, die nun viel weniger als die westdeutschen Höfe einbrachten, weil sie nicht modernisierten. Wenn meine Mutter es zuließ, fuhr er nicht einfach nur an ihnen vorbei, sondern stieg aus und war auf einmal nicht mehr der arme Flüchtlingsjunge, der seine nackten Füße an den Kuhfladen wärmte, sondern der Held einer ganzen Region, der das verrostete Tor zum Hof aufstieß und den Bauern freundlich entgegenging. Früher hatten sie ihn nie danach gefragt. Aber dafür fragten sie ihn jetzt: *Mensch, Wolfgang! Wie geht es dir?* Auf diese Weise bekam er die Anerkennung, die mein Bruder und ich ihm nicht geben konnten, weil wir in eine andere Zeit hineingeboren wurden.

Wenn wir gemeinsam in sein Heimatdorf fahren, geht er mit mir nicht nur auf den Friedhof, sondern auch ins Waldbad. Meine Mutter kommt auch wieder mit. Im Waldbad von Alt Jabel bringt er meinem jüngsten Sohn das Schwimmen bei. Dort hat er auch versucht, seiner Freundin Helga das Schwimmen zu lehren, bevor sie über die Elbe geflohen sind.

Jetzt schwimmt er mit seinem Enkelsohn und seinem Tumor im Bauch. Mein Vater ist glücklich. Ich sehe es ihm an. Er hat das breiteste Lächeln, das man sich vorstellen kann, und sagt zu meinem Sohn: *Siehst du? Du schaffst das.*

Auch ich spüre eine tiefe Verbundenheit zu diesem Ort. Außer dem Deich an der Elbe gibt es keinen vertrauteren Ort als diesen hier. Es ist ein Ankommen, obwohl ich keinen Opa gehabt habe und als Kind nie hier gewesen bin.

Jedes Mal erzählt mir mein Vater, dass das Freibad zu seiner Zeit eine Kiesgrube war, die mit den Jahren immer mehr aufgehübscht wurde. Eine »grüne Mamba«, eine 72 Meter lange grüne Wasserrutsche, gibt es inzwischen auch. Wenn in den Sommerferien alle zur Ostsee fahren, ist hier mitten im Wald nichts los. Die hohen Kiefern verdunkeln den hinteren Teil des Beckens. Blätter schwimmen im Wasser. Das liebt mein Vater besonders, und das lieben auch meine Kinder. Zumindest glaube ich das, bis mein Großer sagt: *Igitt, da schwimmen ja Frösche drin.*

Es ist kein Frosch, sondern eine ziemlich dicke Kröte, die mein Vater an den Beinen aus dem Wasser zieht und mir entgegenstreckt. Ich ekle mich, aber halte vor meinem Vater die Luft an und sage, auch ein bisschen zu meiner Beruhigung: *Die tut euch nichts.* Als sich alle wieder umdrehen, wirft mein Vater die Kröte in Richtung Schwimmerbecken. Sie landet aber auf dem Holzsteg, der den Nichtschwimmerbereich vom Schwimmerbecken trennt, und sieht mich völlig unbeeindruckt mit ihren glotzenden Augen an. Ich rufe: *Seht ihr. Sie hat jetzt einen besseren Platz gefunden.* Mein Großer schaut nun wieder neugierig hin, während mein jüngerer Sohn im Wasser mit Opa nach den Blättern taucht.

Ich setze mich auf die Bank neben den Umziehhäuschen und betrachte die Wände der ehemaligen Kiesgrube, die jetzt das Freibad begrenzen. Auf dem Holzsteg sitzt jetzt eine zweite Kröte, ein kleineres Exemplar, fast so klein wie ein Frosch. Sie wird begleitet von der größeren, die nun vom Steg wieder in das Nichtschwimmerbecken hüpft und geradewegs auf meinen Vater zu schwimmt. Dieser ist ein größerer Amphibienliebhaber als ich und setzt sie diesmal vorsichtig wieder zurück auf den Steg. Mein Jüngster schaut ihm fasziniert dabei zu.

Und da mein Vater immer mehr zu einem Opa wurde, der seine Enkelkinder mit Beharrlichkeit zum Blödsinnmachen erzieht, setzt er sich den Strohhut meiner Mutter auf, die als Nichtschwimmerin am Beckenrand sitzt. Er versucht, die Kröte zu imitieren, indem er seine Beine übertrieben breit aus dem Wasser streckt und mit seinen Händen voller Blätter quakend und nach Hilfe rufend zu den Kindern schwimmt.

Ich setze mich an den Beckenrand zu meiner Mutter und tauche meine Beine in das kühle Wasser. Ich überlege, ob meine Kinder später einmal dasselbe spüren werden wie ich, wenn sie als Erwachsene unter dem blauen Himmel an der Elbe oder am Waldbad in Alt Jabel stehen. Dieses stille Glück. Vermutlich überdauert manches die Zeit.

Positive Gedanken vergehen nicht so schnell wie die schlimmen, sagte mein Vater immer zu mir. Allerdings spricht er auf diese Weise nur mit meiner Mutter und mir, nicht mit seinen Enkelkindern, die ihn lieben, weil Opa für sie ein Spaßvogel ist.

Ein Jahr nach seinem Tod hat sein achtjähriger Enkelsohn einen Baum, eine Bank und einen Hügel gemalt, einen Pfeil, der auf den Hügel zeigt, und dazu geschrieben: *Du bist die Seele der Menschheit. Du bist der Stern am Himmel. Und immer, wenn ich an Dich denke, denke ich, Du wärst hier.*

Es regnet auf diesem Bild.

DAS BLAUE HAUS

Der Geruch seines Körpers reißt meinen Vater aus seinem Leben. Durch die Krankheit riecht er jetzt aus Stellen, wo er nie gedacht hat, dass es dort überhaupt einen Geruch geben kann, und dann sogar noch einen Geruch, der stärker ist als der des Gefängnisses. Er weiß, dass er jetzt ziemlich unangenehm riecht, und manchmal meint er, schon allein deswegen verschwinden und sterben zu wollen. Nicht unsichtbar zu werden, aber doch wenigstens ohne diesen penetranten Geruch, der nicht nur ihn, sondern auch andere Menschen irritiert. Genau wie damals seine Mutter, verbietet er sich, schwach zu sein. In Bezug auf den Willen gelingt es ihm, nur sein Körper versagt ihm immer mehr den Dienst.

Als Roland, ein ehemaliger Arbeitskollege, an seinem Krankenbett sitzt, beginnt mein Vater zu weinen. Nicht aus Traurigkeit, sondern aus Freude, weil er nun doch einen Freund hat, der genau dasselbe wie umgekehrt er selbst auch für seinen Freund tun würde. Roland nickt stumm mit dem Kopf, wie zur Bestätigung, dass er sich keine Sorge machen soll und dass die Reise in die Schweiz schon klappen wird.

Ich helfe dir, sagt Roland. Es ist ein Versprechen, das noch lange nachhallt, als mein Vater mit seinen Gedanken und uns alleine ist. Meine Mutter, mein Bruder und ich müssen erst noch verkraften, dass er nicht bereit ist, andere Hilfe als diese anzunehmen. Denn er leidet und vegetiert immer mehr vor sich hin. Er kann nicht mehr laufen und auch nicht mehr richtig sitzen. Für ihn selbst besteht er nur noch aus einem Loch in seinem Unterleib, das so groß ist wie eine Getränkedose und das nicht zuheilt, weil der Tumor wieder wächst.

Jedes Mal, wenn ich ihn besuche, ist er wieder ein bisschen weniger geworden. Mit dem Nachlassen der Kraft wächst sein Entschluss, dem Tod zuvorzukommen und das Ende selbst zu bestimmen.

Es ist Anfang Juni im Jahr 2016. Ein gewöhnlicher Tag mitten in der Woche. Ich stehe unter einer Dusche, die den Regenwald nachahmt. In einem fremden Hotel gibt es für mich frühmorgens nur dieses stetige Herabtropfen wie von einem Blätterdach, unter dem die Zeit stehen bleibt. Für mein Empfinden könnte ich endlos unter der Erlebnisdusche verweilen, nicht, weil ich einfach so genießen will, sondern weil ich weiß, was heute für ein Tag ist. Ich weiß, dass dieses Mal das letzte Mal sein wird. Oft genug wusste ich es nicht, diesmal aber schon.

Heute wird mein Vater sterben. Und nichts, auch nicht die schönste Aussicht aus diesem Hotel, wird ihn davon abhalten. Sein persönlicher Entschluss, diesen erbärmlichen Zustand nicht mehr aushalten zu wollen, ist flankiert von der medizinischen Gewissheit, dass er keine Überlebenschance mehr hat und dass er schon lange nur noch ein Schatten seiner selbst ist. Seit drei Monaten liegt er nur noch im Bett, vom Tumor ausgehungert, die letzten Kräfte herausgeschwitzt.

Einen Tag vorher bin ich aufgebrochen von einer Fortbildung, an der ich teilgenommen habe, um zu vergessen, dass in wenigen Tagen mein Vater sterben wird. Aber schnell ist sie wieder da, diese verstörende Gewissheit. Auch deswegen gehe ich das erste Mal seit Jahren wieder joggen, nur um diesem mehr als ungewöhnlichen Tag etwas Normales entgegenzusetzen.

Es ist ein herrlicher Sommertag, als ich in der Schweiz von der Schnellstraße fahre. Ich weiß, dass ich im Industriegebiet direkt am Feldrand entlangfahren muss, um zum Hotel und zu dem blauen Haus zu kommen. Das Haus, in dem mein Vater sterben wird, erkenne ich sofort. Wie auf einem Gemälde leuchtet es strahlend hellblau vor der grauen Fabrikhalle. Ein Haus so leuchtend wie der Eingang zum Himmel und in die Unendlichkeit. In diesem Moment verstehe ich, dass der Tod für meinen Vater kein Hindernis ist. Zu oft ist er ihm schon begegnet, und einmal ist er ihm davongeschwommen über die Elbe in ein Leben, für das er dankbar gewesen ist.

Als ich auf dem Parkplatz vor dem Hotel ankomme, warten sie schon auf mich, sein Freund und meine Mutter, die ihn über Hunderte von Kilometern bis in die Schweiz gefahren haben. Auf dem Parkplatz brauchen sie nun meine Hilfe. Mein Vater liegt hinten im Auto auf dem Rücksitz und lässt sich nur zu dritt aus dem Auto in den Rollstuhl heben. Als ich ihn zur Rezeption schiebe, weiß ich, dass er am Ende seiner Kräfte ist. Noch nie habe ich meinen Vater so zusammengesunken gesehen. Dieser starke Mann, der alles kann, dem nichts zu viel ist und der kaum Freunde hat, weil er nicht noch mal enttäuscht werden will. Dieses Bild von einem Menschen, der kapitulieren muss, und diese Traurigkeit seines Zusammensinkens graben sich tief in mein Gedächtnis ein. Mir ist zum Heulen zumute. Aber ich halte den Atem an, erledige die Formalitäten fast lautlos und mechanisch, um ihn schnell in den Fahrstuhl zu fahren, damit er sich nach dieser langen Anreise endlich im Hotelzimmer ausruhen kann.

Wir übernachten in einem fremden Hotel mit dunkelroter Inneneinrichtung und dunklen unfreundlichen Gängen, aber einer fantastischen Aussicht auf die Schweizer Alpen. Mein Vater nimmt das alles nicht mehr richtig wahr. Wir legen ihn ins Bett und holen etwas zu essen für ihn. Er isst nur einen kleinen Happen, dann schläft er, während ich im Zimmer warte, bis der Arzt kommt. Ein älterer sympathischer Mann, Typ Alm-Öhi, befragt ihn, ob er es auch wirklich ernst meint, sterben zu wollen. Mein Vater erwidert: *Ich brauchte mein Leben lang immer wieder Geduld, aber nun kann und will ich nicht mehr.*

Ich kann ihn verstehen und will ihn umarmen. Aber ich bleibe wie versteinert auf der Bettkante sitzen und komme erst wieder zu mir, als der Arzt das Hotelzimmer verlassen hat und meine Mutter ganz verzweifelt hereinkommt. Noch im Flur hat der Arzt sie abgefangen, um sie darum zu bitten, mit meinem Vater bis morgen eine Rechenaufgabe zu lösen. Diese letzte Rechenaufgabe, die der Arzt meinem Vater stellt, um herauszufinden, ob er noch bei Verstand ist, macht meine Eltern nur noch hilfloser und ist genauso sinnlos wie absurd. Auch ich kann nicht auf Anhieb beantworten, wie lange Seerosen brauchen, um den ganzen Teich zu bedecken.

Im Hotelzimmer nebenan kann ich kaum schlafen. Um vier Uhr morgens stehe ich unter der Dusche und versuche, die Minuten nicht mehr zu zählen. Vor Kurzem hat meine

Mutter an meine Zimmertür geklopft. Mein Vater möchte, dass ich zu ihm komme und mit ihm rede. Um wach zu werden, stehe ich nun unter der Regenwalddusche und versuche, die Zeit anzuhalten. Es gelingt mir nicht. Ich muss mich abtrocknen und anziehen und schleiche im dunklen Flur zum Zimmer meiner Eltern.

Es ist die Übereinkunft, füreinander da zu sein, die uns dazu bringt, dass wir so früh am Morgen alle in einem Bett liegen. Ich in der Mitte, meine Eltern um mich herum. Die Gesprächsfetzen fliegen durch den Raum. Hinterher weiß ich nicht mehr, worüber wir uns unterhalten haben. Die Uhr tickt viel zu schnell.

Es gelingt uns, unsere Hilflosigkeit anzunehmen, in diesem Film, für den mein Vater das Drehbuch schon geschrieben hat. Als der Arzt das zweite Mal kommt, macht mein Vater ihn darauf aufmerksam, dass wir lange über seine Rechenaufgabe nachgedacht haben. Der Teich, die Seerosen, die zerfließende, schließlich rasende Zeit. So schnell wie die Seerosen auf dem Teich vermehren sich auch die Tumorzellen in seinem Körper. Er hat nicht die Geduld, hilflos auf sein Ende zu warten. Wahrscheinlich ist er auch in dieser Hinsicht anders als andere Menschen.

Nun stehen wir auf der Straße vor dem Hotel und machen uns bereit für den letzten Gang im Regen. Er geht nicht, sondern ich fahre ihn im Rollstuhl um die nächste Straßenecke, wo das blaue Haus liegt. Er redet nicht mehr viel, die Kraft lässt nach, die Anspannung auch. Wir lachen über irgendetwas, versuchen, den Regen wegzudenken, und gehen voran, als ob es ein Morgen gibt. Das blaue Haus ist umgeben von immergrünen Lorbeerbüschen, vermutlich damit niemand von draußen reinschauen kann. Damit nur das Sterben gelingt, abgeschirmt, in einem kleinen Zimmer neben einem Teich mit Seerosen.

Drinnen im blauen Haus werden wir herzlich von einem älteren Ehepaar begrüßt. Schon die kleine Fahrt mit dem Rollstuhl hat meinen Vater so geschwächt, dass wir ihn schnell in das Krankenhausbett legen, weil er nicht mehr sitzen kann. Die Frau erledigt mit uns die Formalitäten, während der Mann sich mit meinem Vater unterhält. Eine lebendige, mitfühlende Unterhaltung, während der ich meinen Vater das letzte Mal lachen höre. Er ist auf einmal wieder aufmerksam und beantwortet die Frage, ob er heute sterben will, mit einem lauten und kräftigen *Ja*. Das Ja hört sich so entschlossen an, als stünde er vor dem Traualtar. Meine Mutter beginnt zu weinen, während ich nach draußen zu den Seerosen schaue und weiß, dass es richtig ist.

Vielleicht kann mein Vater doch vergessen, obwohl Klaus immer gesagt hat, *vergiss nie, was sie uns angetan haben*. Am Ende sagt mein Vater sogar zu uns: *Ich hatte ein schönes Leben.* Ich bin mir sicher, er muss in diesem Moment nicht an Klaus denken, aber ich tue es.

Manchmal braucht man Geduld, um auf Frieden zu warten. Als mein Vater sich bei allen bedankt, weiß ich, dass er sich in diesem Haus wohlfühlt. Denn er bedankt sich sonst nie. Meine Mutter und ich weinen, als wir ihn das letzte Mal in unsere Arme schließen. Nachdem mein Vater das Getränk wie einen Schnaps ausgetrunken hat, nimmt er meine Hand und hält sie fest.

Schließlich faltet er seine Hände auf dem Bauch, wie um uns zu sagen, dass alles gut ist und wir uns nicht um ihn zu sorgen brauchen. Wir bleiben noch fast eine ganze Stunde bei ihm sitzen und hören die Musik, die er sich beim Einschlafen gewünscht hat. Mindestens dreimal hören wir das Lieblingslied meines Vaters: *Over the rainbow*, gesungen von Israel Kamakawiwoʻole.

Ich überlege, was wohl die letzten Erinnerungen seiner Seele sind. Und ich spüre, dass es eigentlich nur eines sein kann: ein Bild, das mit Familie zu tun hat.

Das blaue Haus hat einen Anstrich so blau wie Quellwasser. Langsam tröpfeln die Erinnerungen an mir herunter, als ich im Regen vor dem Haus stehe, der nicht aufgehört hat, nur weil mein Vater stirbt. Sie werden zu feinen Rinnsalen auf meinen Schuhen, einer unsichtbaren Spur folgend, während ich mich entferne, von meinem Vater, der still in dem blauen Haus liegt. Ich denke Gedanken, die sich in jedem einzelnen Tropfen wiederfinden, als ich meiner Mutter wie in Trance antworte: *Danke, Mama, ich brauche keinen Regenschirm.*

Der Tag fühlt sich plötzlich an wie ein Herbsttag im Sommer. Nur dass keine Blätter, sondern Regentropfen fallen. Regentropfen, die auf das blaue Haus fallen, das mit seinem spitzen Winkel an einen bewölkten Himmel grenzt.

Die Gräser der angrenzenden Felder biegen sich unter Gewitterwolken, und die ersten Böen zerren am Regenschirm, den meine Mutter zu bändigen versucht. Wir zucken zusammen, vielleicht weil wir endgültig begreifen, was gerade passiert ist.

Ich stolpere mit regennassen Haaren vorbei an dem Kiosk neben der Fabrikhalle. Alle, die dort gerade ihre Currywurst essen, müssen denken, wir kommen von einem anderen Stern. Einige schauen uns aus den Augenwinkeln heraus an, während sie ihre Gabeln zum Mund führen. Die meisten stochern in ihrem Essen. Nur wenige unterhalten sich.

Ob sie wissen, was sich hinter der dichten Hecke aus Kirschlorbeer verbirgt? Was hier so prosaisch in die Wirklichkeit eines Industriegebietes platziert ist und vielleicht gerade dadurch offenbart, dass das Sterben zum Leben dazugehört? Während Arbeiter in Blaumännern und Anzügen auf weißen Plastikstühlen sitzen, stirbt mein Vater. Das hätte ihm, dessen Sehnsucht nach Anerkennung in beruflichem Erfolg mündete, gefallen. Er hätte dort auch im Anzug sitzen und Currywurst essen können.

Mein Vater ist nicht fortgegangen. Aber er ist nicht mehr da. Ich gehe nun von ihm fort und mit meiner Mutter zurück zum Hotel, wo sein Freund auf uns wartet.

Die Zeit ist nicht stehen geblieben. Der Regen hört nicht auf. Im Café des Hotels um die Ecke wird weiter Schweizer Schokolade verkauft. Das Restaurant serviert weiter regionale Spezialitäten. Wir stehen irgendwo dazwischen. Es merkt uns keiner an, was eben passiert ist. Dass der Ehemann, der Vater und der Freund gestorben ist. Während Stille einkehrt in unseren aufgewühlten Herzen, kaufen auch wir Schweizer Schokolade und Pralinen. Wie nicht von dieser Welt stehen wir an der Kasse und warten, bis alles hübsch verpackt ist. In den Päckchen unsere Erinnerungen.

Bevor wir in die Gewitterwolken zurückfahren, biege ich noch einmal in die Straße mit dem blauen Haus ein. Während ich am blauen Haus vorbeifahre, weiß ich, ohne seine Vergangenheit wäre dieser letzte Schritt für ihn nie möglich gewesen. Es steht mir und anderen nicht zu, über ihn zu urteilen.

Noch lange nach seinem Tod höre ich meinen Vater mit mir reden. Sein Schweigen wird zu einem Flüstern, und das Flüstern verstärkt sich, bis es nicht mehr nur Gedanken sind, sondern Worte, die der Wind aus weiter Entfernung zu mir trägt. Ich kann ihn nicht mehr befragen. Aber anders als meine Mutter bin ich nicht traurig darüber. Beim Lesen der Stasi-Akten begreife ich, dass es das Beste für ihn war, sich nur an die guten Zeiten zu erinnern.

Weil mein Vater jemand ist, der mir nahe ist, verändert sich mein Leben, als er stirbt. Es ändert sich, und ich kann nichts dagegen tun. Auf einmal muss ich über das schreiben, wo ihm die Worte fehlten. Auf einmal bin ich jemand, der ohne ihn viel besser über ihn schreiben kann.

Und indem ich über ihn schreibe, gebe ich ihn nicht auf, sondern hole das Verlorene mit Worten zurück. Schichten der Zeit, die überdauern. Alles ist nun möglich. Das Schöne und das Schreckliche, vereint in einem Bild: Armut … Bescheidenheit … Unterdrückung … Hoffnung … Ungerechtigkeit … Aufbruch … sich verlieren … wieder aufblühen … etwas aufheben … und es nicht wieder fallen lassen.

Ich sage, behaupte und schreibe, die Liebe zweier Menschen kommt erst beim Abschied zum Ausdruck. (von Wolfgang, wahrscheinlich 1964/65)

ES BRENNT

Drei Jahre nach Wolfgangs Tod lodert in Mecklenburg ein Großfeuer auf dem ehemaligen Truppenübungsplatz bei Alt Jabel. Es ist der größte Waldbrand in der Geschichte des Bundeslandes. Ganze Ortschaften in dem stark ausgetrockneten Gebiet im Landkreis Ludwigslust sind gefährdet. Obwohl das Feuer erst gelöscht scheint, bricht es am Sonntag, dem 30. Juni 2019, wieder aus, woraufhin Katastrophenalarm ausgelöst wird.

Am Abend brennt es auf einer Fläche von etwa 400 Hektar auf dem etwa 6000 Hektar großen früheren Militärgelände. Noch in der Nacht werden drei Dörfer, darunter auch Alt Jabel, evakuiert.

Wegen unberechenbarer Winde gibt es auch Tage später noch keine Entwarnung. Außerdem ist der Truppenübungsplatz hochgradig mit Munition aus dem Zweiten Weltkrieg belastet. Zu dieser Zeit stand dort die größte Munitionsfabrik der Marine. Kurz vor Kriegsende ist das Munitionslager gesprengt worden, ohne dass die Munition vollständig vernichtet wurde. Das beeinträchtigt die Löscharbeiten, weil die Feuerwehr einen 1000-Meter-Abstand einhalten muss, um sich selbst nicht zu gefährden. Immer wieder sind im Wald Explosionen zu hören.

In der Nacht zum Dienstag hat sich der Waldbrand auf rund 600 Hektar ausgeweitet. Eine Fläche von mehr als 850 Fußballfeldern steht in Flammen. Ein weiteres Dorf muss evakuiert werden. Fast 800 Menschen sollen ihre Häuser verlassen. Viele Freiwillige aus anderen Bundesländern sind inzwischen gekommen, um mitzuhelfen. Die Flughafenfeuerwehr aus Berlin unterstützt die Löscharbeiten mit Flugfeldlöschfahrzeugen. Und sogar Wasserwerfer der Bundespolizei kommen zum Einsatz.

Am Dienstag wird das Wasser knapp. Die ersten Brunnen versiegen. Kein Wunder, wenn in einem sowieso schon trockenen Gebiet täglich eine Million Liter Wasser entnommen werden müssen. Ein Fluss in der Nähe wird auf über drei Meter angestaut, und man holt Wasser aus dem Schweriner See und der Elbe bei Rüterberg.

In Lübtheen, wo ich damals unter dem Zelt des ADAC gestanden bin, befindet sich nun der Stützpunkt der Einsatzkräfte. Gelöscht wird in vier Schichten. Pro Schicht werden mindestens 600 Helfer eingesetzt. Die Versorgung mit Speisen und Getränken übernimmt das Rote Kreuz, das mit großzügigen Spenden aus der Bevölkerung unterstützt wird. Die Bewohner der umliegenden Dörfer zeigen auf Pappschildern und Bettlaken, die sie in Hauseingänge und Vorgärten hängen, ihre Dankbarkeit. In den Nachrichten fällt der Satz, *Mecklenburg kann Hilfsbereitschaft und Solidarität.*

Am Dienstagabend breitet sich das Feuer noch einmal aus. Nun brennt es auf einer Gesamtfläche von rund 1200 Hektar. Inzwischen sind über 1000 Hilfskräfte pro Schicht im Einsatz. Außerdem sind Einheiten der Bundeswehr eingetroffen. Darunter Pioniere mit Bergepanzern, die zugewucherte Schneisen und Waldwege für die Löschfahrzeuge befahrbar machen sollen.

Nachdem über Nacht die Temperaturen deutlich gesunken sind, brennen dank der gemeinsamen Anstrengungen am Mittwochmorgen nur noch 700 Hektar, und das Schlimmste ist erst einmal abgewendet. *Der Brand ist von allen Seiten eingekesselt, und die Bundeswehr und die Feuerwehr haben das Feuer im Griff,* sagt der Landrat.

Das heißt aber nicht, dass die Gefahr nun gebannt ist. Noch ist nicht abzusehen, ob der Wind das Feuer wieder entfachen wird. Und der Waldboden zwischen den Kiefern hält Hitze und Glut dank der ölhaltigen Nadeln noch lange Zeit. Es kann noch Wochen dauern, bis der Brand endgültig gelöscht ist.

Trotzdem dürfen im Laufe des Tages die Bewohner von dreien der vier evakuierten Dörfer in ihre Häuser zurückkehren. Alt Jabel ist nicht darunter. Denn in der Nacht auf Donnerstag ist das Feuer wieder herangerückt und nur noch 300 Meter vom Dorf entfernt. Die Löscharbeiten aus der Luft und am Boden sollen sich jetzt vor allem auf Alt Jabel konzentrieren.

Aus dem Weltall sieht Alt Jabel aus wie ein winziger Fleck inmitten von dunklem Grün. Es ist kein Zufall, dass es genau dort immer noch brennt. Denn das Dorf liegt als einziges mitten im Wald. Wenn ich näher heranzoome, kommt mir die lange Ortseinfahrt entgegen, die durch den Wald führt und schnurgerade auf den kleinen Ortsplatz mit dem früheren Konsum zuläuft. Auch das Waldbad ist zu sehen, das für die Feuerwehr zum Wasserreservoir geworden ist. Neben dem Wald erkenne ich die Kirche. Durch diesen Bezugspunkt weiß ich, wo das alte Forsthaus steht.

Am Ortsrand haben Feuerwehren eine ganze Batterie von Löschfahrzeugen aufgereiht, die ihr Wasser in den Wald spritzen, damit das Feuer nicht noch einmal wie vor wenigen Tagen, 50 Meter an den Ort herankriecht. Immer wieder frischt der Wind auf und lässt neue Flammen emporzüngeln. Dichter Rauch stoppt den Blick schon nach wenigen Metern.

Panzer fahren nun durch den kleinen Ort, um weitere Wundstreifen und Schneisen in die Landschaft zu reißen. Ein Kampf nicht gegen heranrückende Truppen, sondern gegen einen Feind, der mindestens genauso unermüdlich ist.

Ich sehe das alles Hunderte Kilometer weit weg im Fernsehen. Ich verfolge die Nachrichten und denke seit Langem wieder an meine Verwandten, die verstreut in der Gegend wohnen und die sich womöglich gar nicht mehr an mich oder an meinen Vater erinnern. Inzwischen weiß ich: *Wenn Heimat ein Gefühl ist, dann wohnt sie in unseren Herzen. Wenn Heimat ein Ort ist, dann ist es der, den unser Herz uns zeigt.*

Ich verstehe jetzt, warum mein Vater diese Gegend trotz allem geliebt hat. Die stolzen Kiefern, aus denen jetzt der Rauch aufsteigt. Den Wind, der gerade an den Baumwipfeln rüttelt, als hätten sie etwas ausgefressen. Die Zweige, die sich in der Hitze krümmen und wie dünne Holzstäbchen auf den ausgetrockneten Boden fallen. Den duftenden Teppich aus trockenen Nadeln, die den Boden abseits der Straße bedecken und die nun in den Flammen knistern, als ob sie etwas sagen wollten.

Ich merke fast traurig, dass diese Gegend für mich nicht so viel bedeutet wie für meinen Vater. Für mich, die Kosmopolitin ist Heimat ein Ort, der überall sein kann. In Alt Jabel oder anderswo. Dort aber wohnen seit Jahrhunderten Familien, die nie einen Anlass hatten, von dort wegzuziehen. Jetzt kommt das Feuer, der Vorgeschmack des Klimawandels, und bedroht ihre Häuser, Ställe und Tiere. Und ich sehe von Ferne zu und merke, dass auch ein kleiner Teil *meiner* Heimat verbrennt.

Am Freitagabend gibt es zum ersten Mal auf insgesamt 600 Hektar keinen zusammenhängenden Großbrand mehr. Der Brigadegeneral der Bundeswehr sagt einen Satz, an dem ich lange hängen bleibe: *Wir haben hier ein Gefecht der verbundenen zivilen und militärischen Kräfte unter ziviler Leitung geführt. Und das hat hervorragend funktioniert.*

Nach einer Woche dürfen die Bewohner wieder nach Alt Jabel zurück. Als Dank für die Helfer organisieren sie ein Dorffest. Dann ziehen sich Armee und Presse zurück. In ein paar Wochen, da bin ich mir sicher, wird sich kaum noch jemand an den Namen dieses kleinen Dorfes erinnern.

Ein paar Wochen darauf stehe ich während der Sommerferien mit meiner Mutter auf dem Dorfplatz und bin froh, dass sich nichts verändert hat. Dass zumindest äußerlich die Zeit immer noch stehen geblieben ist. Auch wenn jetzt eine Schneise das Dorf wie eine Schlange umschließt.

Kann sich die Vertrautheit mit einem Ort je auflösen? Etwas Beständiges muss doch bleiben, und wenn es nur die Erinnerung an einen Ort ist, dessen eigene Spuren viel weiter zurückreichen. Spuren der Landschaft, die an die Eiszeit erinnern. Riesige Steinblöcke, Reisende aus skandinavischen

Gebirgszügen, hatten sich mit den Gletschern auf den Weg nach Süden gemacht. Übrig blieben sie als gefallene Riesen, die in Häusern und Kirchen verbaut wurden. Ein vergessener Riese liegt am Rand eines Sandhügels östlich des Weges von Alt Jabel nach Quast. Letztes Wahrzeichen einer lange vergangenen Zeit.

Ich muss mit Torsten genau an diesem Stein vorbeigekommen sein, als wir vor der Wende mit dem Moped nach Quast gefahren sind. Verborgen unter einer Decke aus Moos und Heidekraut, liegt er wie der Ort Quast mit den Apfelbäumen und dem verfallenen Brunnen mitten im Zentrum des Sperrgebiets. Nach dem Waldbrand darf man gar nicht mehr ins Sperrgebiet fahren, noch nicht einmal mit dem Fahrrad. Es drohen eine hohe Geldstrafe und eine Anzeige wegen Landfriedensbruchs.

Vom Dorfplatz ist es nicht weit bis zu der Stelle, wo das Feuer das Dorf erreicht hat. Schon nach wenigen Wochen beginnen dort die Bäume wieder auszuschlagen. Aus den verkohlten Ästen und Stümpfen wächst frisches Grün. Auf dem schwarzen Boden keimen die ersten Pionierpflanzen.

Der einzige Eintrag, den ich heute auf Wikipedia zur Geschichte von Alt Jabel finde, beschreibt das Feuer auf dem Truppenübungsplatz. Einträge vor dieser Zeit gibt es nicht. Als ob dieser bemerkenswerte Ort nur aufgrund eines Waldbrandes im Jahr 2019 existiert.

RÜTERBERG

Dreißig Jahre nach der Wende fahre ich noch einmal nach Rüterberg. Ich sitze im kleinen Heimatmuseum vor dem ehemaligen Bürgermeister, der früher drei Jahre lang Grenzsoldat gewesen war. Vielleicht wäre es aus Sicht meines Vaters Verrat. Für mich ist es der Versuch, ein Stück von der anderen Wirklichkeit zu verstehen. Ich vermute, dass das auch meinen Vater umtrieb, in der Zeit, in der er die Dörfler in der Grenzregion so hartnäckig besuchte.

Meinhard, der ehemalige Bürgermeister, diente erst zwei Jahre, nachdem mein Vater über die Elbe geschwommen war, als Grenzsoldat in Rüterberg. Das macht die ganze Sache etwas einfacher für mich.

Wir unterhalten uns erst vorsichtig und verhalten, wie Hunde, die sich beschnuppern müssen. Aus dem Augenwinkel heraus betrachte ich die Passierscheine und Urkunden an der Wand gegenüber. Meinhard hat Ähnlichkeit mit der Statur meines Vaters. Das macht es mir leichter, ihm Vertrauen und Nachsicht zu schenken. Und ich anerkenne seine Art, offen über die Vergangenheit zu reden, auch wenn es vieles gibt, was man in einem anderen Gespräch und an einem anderen Ort lieber weglassen würde.

Und doch muss ich ihm irgendwann die Frage stellen, die ich den ganzen Weg aus Hamburg mit nach Rüterberg genommen habe: *Haben Sie schon einmal auf einen Menschen geschossen?* Meinhard weicht nicht aus. Er duckt sich nicht weg und antwortet: *Nein.* Jetzt werde ich mutig und will alles ganz genau wissen. Wie es war, an der Grenze zu patrouillieren. Was er danach gemacht hat. Wie es als Bürgermeister war. Ob alle Familien in Rüterberg linientreu waren. Oder ob man sich nur weggeduckt und angepasst hat. Ich stelle alles infrage und bin froh, dass er mir auch auf die unangenehmen Fragen Antworten gibt. Wegen dem einen Satz, *Wir haben jahrelang hinter Stahlgittern gelebt, wie in einem Gefängnis*, fühle ich schließlich so etwas wie Freundschaft und Verbundenheit zu ihm.

Von Meinhard lerne ich auch, dass sich die Rüterberger zwar anpassten, sich aber nie ganz unterdrücken ließen. Ausgegrenzt im eigenen Staat und von der Einwohnerzahl immer mehr dezimiert, fanden sie ihren eigenen Umgang mit der Grenzlagen-Isolation. So wurde 1953, ein Jahr nach den Zwangsaussiedlungen, mit allen ausgewiesenen Mitbürgern ein großes Fest in Heiddorf gefeiert, Anlass genug für die Funktionäre, das Zusammenkommen als »Fest antidemokratischer Kräfte« zu interpretieren. Auch in Rüterberg gab es Jugendliche, die der Werbung für die Streitkräfte widerstanden und versuchten, nicht in die Nationale Volksarmee einzutreten. Gezwungen wurden sie schließlich, indem man ihren Eltern mit Ausweisung drohte.

Als im April 1963 eine Familie mit zehn Personen und einem gummibereiften Ackerwagen über die Elbe flüchtete, standen viele Rüterberger am Ufer und beobachteten schweigend das primitive Floß in der Fahrrinne des Flusses, die erst vor ein paar Wochen eisfrei geworden war. Die Volkspolizei benachrichtigten sie nicht.

Rüterberg: Die Bauern nehmen hier eine abwartende Haltung ein. Anweisungen des LPG-Vorsitzenden werden oft nicht befolgt. Auf dem Feld kommt es öfters zu Streitereien und Unstimmigkeiten. Die Arbeit im Viehstall ist ungenügend. Der (Name geschwärzt) vernachlässigt seine Arbeit.
(Bericht über die Lage der Landwirtschaft im Grenz-gebiet an der Staatsgrenze West 20.07.1960)

Noch heute ist Rüterberg ein besonderes Dorf. Es ist ein Bei-spiel von vielen, wie sich Menschen in aller Unmenschlich-keit etwas Menschliches bewahren konnten. Trotz des dop-pelten Eingesperrtseins liebten seine Bewohner ihre Heimat an der Elbe, zwischen Sperranlagen, Wachtürmen und Stol-perdrähten.

Ich staune vor allem darüber, dass kaum jemand diesen geschichtsträchtigen kleinen Ort kennt, in dem die Bewoh-ner am 8. November 1989, als Meinhard Bürgermeister war, einstimmig beschlossen, dass sich Rüterberg nach dem Vor-bild der Schweiz symbolisch zur Dorfrepublik ausrufen soll-te und damit als unabhängig erklärte. Und das, obwohl nie-mand etwas davon ahnte, dass am nächsten Tag die Mauer fallen würde.

Bitte schön, wer dafür ist, hebe die Hand hoch. Dann sind wir ab heute Dorfrepublik. Als alle die Hand hoben, war klar, dass die Isolation in Rüterberg jahrzehntelang auf die Spitze getrieben worden war. Anträge für einen Besuch in der Ge-meinde wurden nur in besonderen Fällen, wie zum Beispiel bei lebensgefährlicher Krankheit, Bestattungen und Familienfeiern gewährt. Eine Ansässigkeitserlaubnis musste jedes Vierteljahr von der Grenzpolizei verlängert werden. Sogar die Ware für den Dorfladen durfte nur mit einem Passierschein einreisen.

Am 8. November 1989, nach zweiundzwanzig Jahren Isolation und Ausgrenzung, wollte es keiner der Bewohner mehr akzeptieren, dass man ab 23 Uhr nicht mehr aus dem Ort heraus- oder in ihn hineinkonnte. Und dass auch ein krankes Kind unter diesen Umständen keine Ausnahme war. Nachts in ein Krankenhaus zu fahren, war ein Ding der Unmöglichkeit. Das gab es nirgendwo sonst an der innerdeutschen Grenze: ein eingeschlossenes Dorf in einem eingeschlossenen Land. Und weil in Rüterberg alles noch viel schlimmer war als im Rest der DDR, wollten die Bürger hier erstmals ein klitzekleines Stück vom Kuchen Freiheit:

Wir wollten genau dieselben Bürgerrechte haben wie die Bürger in der DDR. Wir wollten nicht die Grenze durchbrechen hier an der Elbe, die Westgrenze. Sondern die zur DDR hin, das sollte frei werden!
(Hans Rasenberger: Die Dorfrepublik)

Dem Beschluss der Gemeinde vorausgegangen war, dass ein Jahr vorher der innere Grenzzaun abgerissen und ein neuer, noch undurchlässigerer Zaun errichtet wurde. Im Zuge der Erneuerung wurde auch die Weidefläche am Elbbogen eingezäunt und zum Niemandsland erklärt. Zu den Kühen der LPG durfte der Bauer nur noch, wenn ihm die Grenzer ein eisernes Tor aufschlossen und ihn von Weitem beobachteten.

Beim nächsten Elbhochwasser erreichte die Absurdität ihren Höhepunkt: Die Hochwasserschützer mussten die Sandsäcke über den Grenzzaun heben. Es war ihnen nicht erlaubt, ein Zaunstück zu entfernen.

Besonders schlimm für die Menschen in Rüterberg waren jedoch die Umstände, unter denen diese neue Grenzanlage gebaut wurde. Die Lücken, die sich durch den Bau des neuen Zaunes ergaben, wurden mit Stolperdrähten gesichert, die im Boden versteckt zu lebensbedrohlichen Verletzungen führen konnten. Die Anwohner und selbst der Volkspolizist des Dorfes wussten nichts von dieser Heimtücke. Als das herauskam, war die Aufregung groß wie schon lange nicht mehr. Jahrzehntelang hatten die Rüterberger auf Entspannung gehofft. Und jetzt kam alles noch schlimmer.

Als der Rentner Hans Rasenberger anlässlich des Schweizer Nationalfeiertages im Westen erfahren durfte, was offene Grenzen bedeuten können, war er es, der eine Versammlung in Rüterberg einberief und vorschlug, die Urform der schweizerischen Demokratie anzunehmen. Schließlich sollten alle Menschen auf der Erde Rüterberg besuchen dürfen.

Noch heute steht »Dorfrepublik Rüterberg« auf dem Ortsschild. Obwohl Rüterberg inzwischen zu Dömitz gehört und keine eigene Verwaltung mehr hat und schon längst nicht mehr unabhängig ist. Das übrig gebliebene Schild bleibt eine überdauernde Aufforderung, es besser zu machen, trotz aller Hindernisse, die seit der Wende anstelle der Grenzzäune im Weg liegen.

Ich wohne nun in einer Ferienwohnung und schaue aus dem Fenster. Das Tor, durch das ich eben zum Haus gegangen bin, besteht aus Teilen des alten Grenzzauns, der immer noch wie neu aussieht. Wenn ich geradeaus auf die Elbe schaue, sehe ich dort, wo früher der Hafen gewesen sein muss, ein kleines weißes Modellboot vor Anker liegen. Links schiebt sich der ehemalige Grenzturm in den Horizont, der nun bewachsen ist von Moos und anderem Grünzeug, aber nicht mehr bewacht wird von einem Soldaten, der auf Flüchtige schießt.

Von Meinhard habe ich mir sagen lassen, dass am Wochenende im Grenzturm der Notarzt sitzt, weil man nur dort neben dem perfekten Blick auf die Elbe auch richtig guten Handyempfang hat.

Auf der rechten Seite gegenüber der früheren Ziegelei befinden sich nun der winzige Rest vom Grenzzaun, das Mahnmal und der Parkplatz, auf dem ein Anhänger mit Milchkannen und ein Auto mit Fahrrädern auf dem Dach stehen. Von hier aus geht es nur noch zurück ins Dorf. Weiter hinten liegen der grüne Grenzstreifen und der Wald, der bis nach Alt Jabel führt.

Wie Alt Jabel ist auch Rüterberg eine Sackgasse. Zwar nicht das Ende der Welt, aber eine Sackgasse, aus der keine Straße herausführt. Nur dass Rüterberg nicht am Militärsperrgebiet, sondern an der breiten Elbe liegt, die ungebändigt in freien Bögen bis Hamburg mäandert.

Wolfgang hat dieses Dorf nie richtig kennengelernt. Er war nur auf der Durchreise, und doch gehörte er vielleicht mehr dazu, als er es damals erahnen konnte. Sein Leben erhielt hier den entscheidenden Wendepunkt, selbst wenn er nur auf der Buhne saß und am Elbkilometer 511 ohne Schwimmhilfe ins Wasser ging.

Und heute? Von Meinhard weiß ich, dass es keine Bedeutung mehr hat, wer hinzugezogen ist und wer nicht. Die Dorfbewohner haben seit der Eingemeindung zwar keinen

Bürgermeister mehr, aber diskutieren trotzdem über die Zukunft in einem Dorf, in dem nun alle gemeinsam etwas gestalten müssen, damit die Dorfgemeinschaft ihren Namen auch verdient.

Wenn man in das Dorf hineinfährt, steht nicht nur *Dorfrepublik* auf dem Ortsschild, sondern man sieht auch das Wappen von Rüterberg, das einen Ritter in goldener Rüstung zeigt, der auf einem weißen Schimmel reitet. Der Ritter soll einst von Rüterberg mit seinem Pferd die Elbe übersprungen haben, um Rüterberg von Räubern zu befreien. Während ich das Wappen betrachte, kommt mir ein Gedanke. Dies ist ein Ort, in dem es gelang, die unerhörte Begebenheit der Unabhängigkeitserklärung auch dann noch weiterzuspinnen, als die Zeit des Aufbruchs schon längst vorbei war. Und wo nicht darauf gewartet wird, dass die letzte Generation am Elbufer auf dem Friedhof liegt. Auf diesem Friedhof von Rüterberg, der immer noch von letzten Teilen des Grenzzauns begrenzt wird. *Zum Schutz vor Rehen,* sagt Meinhard zu mir.

Wie froh bin ich, dass ich, während ich am Fenster der kleinen Ferienwohnung stehe, nicht auf eine Elbe schaue, in der mein Vater ertrunken ist.

Es ist die grausamste Grenze der Welt. Sie macht Menschen gleicher Sprache und gleicher Herkunft zu Fremden …
Kein Fluss der Welt hat so verschiedene Gesichter: Scharfschützen und Sportangler, Minenfelder und Ausflugslokale, Gewehrsalven und Teemusik, Badende und Tote.
(Hamburger Morgenpost, 11. Januar 1964)

BAUTZEN

Nachdem mein Vater gestorben ist, fahre ich nicht nur in seine alte Heimat nach Alt Jabel und Rüterberg, ich beginne auch wieder zu schreiben. Endlich schreibe ich auch wieder Gedichte. Ein Gedicht notiere ich in einer Zelle in Bautzen II, das jetzt ein Museum und eine Gedenkstätte ist.

> Man kann so viel darüber schreiben
> so viel darüber sprechen
> und wird doch an Grenzen kommen
> die nur das Herz verstehen wird

Einen Tag, bevor ich das Gedicht schreibe, komme ich mit meiner Mutter mit dem Zug in Bautzen an. Wir haben uns am Hauptbahnhof in Dresden getroffen und sind zusammen weitergefahren. Während der Zugfahrt habe ich ein Buch gelesen. Es trägt den Titel »Die Schuld der Mitläufer«. Eine Passage im Klappentext lässt mich die ganze Fahrt über nicht mehr los. Dort steht:

> Der Satz »Es war nicht alles schlecht in der DDR«
> bedeutet auch: Wir haben es uns gut gehen lassen,

als es anderen schlecht ging – den Unangepassten, den politischen Häftlingen, den gescheiterten Flüchtlingen und ihren Angehörigen.
(Die Schuld der Mitläufer. Roman Grafe; 2009)

Fast die ganze Zugfahrt denke ich darüber nach, lasse mich treiben und kann nicht weiterlesen. Es ist alles gesagt, denke ich. Und gleichzeitig ist alles wieder offen. Denn man gewinnt keine Menschen, indem man die Welt schlechtredet. Auch nicht die, die ein schlechtes Gewissen haben. Die Welt zu einem besseren Ort machen zu wollen, wäre zumindest ein Anfang, wenn nicht gar eine Alternative. Das bedeutet auch, die zu verstehen, die damals mitgemacht haben. Vielleicht gibt es nur so eine Versöhnung. Vielleicht gibt es nur so einen Neubeginn.

Als wir in Bautzen aussteigen, stolpert mein Herz. Wir gehen mit dem Menschenstrom in Richtung Ausgang die Treppen hinunter. In der Unterführung riecht es nach Urin. Oben landen wir in einem Gang aus weißen Plastikfolien, die uns die Sicht auf das Bahnhofsgebäude nehmen. Der Bahnhof ist eine einzige Baustelle. Wir können nicht so wie damals mein Vater durch das Bahnhofsgebäude auf den Bahnhofsvorplatz gehen, sondern stehen mit dem Rücken zum Bauzaun, bevor wir an einer Ampel die Straße überqueren.

Als mein Vater entlassen wurde, war es Winter und bitterkalt. Heute ist es in Bautzen warm und sonnig, obwohl wir schon Ende September haben. Als ich auf der anderen Straßenseite stehen bleibe, um die Luft und die Erinnerungen in mich einzusaugen, wird mir kalt. Niemand holt uns ab. Mein Vater hakt mich nicht mehr ein, so wie am Hamburger Hauptbahnhof, wenn er mich zu seinem Auto begleitet hat. Trotzdem bin ich nicht traurig, sondern stolz, dass meine Mutter und ich uns gemeinsam auf diesen Weg gemacht haben, in eine Stadt, die für ihn kein Sehnsuchtsort war.

Auch heute, fünfundfünfzig Jahre später, stehen im Stadtteil vor dem Bahnhof große Villen Spalier. Nicht mehr in grauen, sondern in hellen und freundlichen Farben.

Auf dem Weg in Richtung Altstadt muss ich an das GlücksMobil denken. Vor ein paar Monaten ist es auch hier entlanggefahren. Ein blauer Traktor mit orangefarbenem Anhänger, der mithilfe einer Wasserschreibmaschine Großbuchstaben auf den sommerlichen Asphalt versprüht. In endloser Wiederholung hinterlässt der Anhänger eine Spur aus Wasser: *So ein Glück!* steht dann mitten auf der Straße. Um das Glück perfekt zu machen, kann man mit einer Fernbedienung sogar Seifenblasen in die Luft steigen lassen. Der Erfinder will damit Glück in der Welt verteilen und die Menschen wissen lassen, dass das Glück für alle reicht. Was für ein schöner Gedanke, den ich mitnehme, während ich mit meiner Mutter an den sanierten Gründerzeitvillen vorbeigehe. So ein Glück, dass ich heute hier sein kann!

Bevor wir am nächsten Morgen die Gedenkstätte im Gefängnis von Bautzen II besuchen, kaufe ich im Hotel nicht wie in der Schweiz Schokolade, sondern zwei Gläser Bautzener Stadthonig. Der Honig stammt von Bienen, die auf dem Dach des Hotels wohnen, von wo man einen traumhaft schönen Blick über Bautzens Türme und das Gefängnis bis ins Oberlausitzer Bergland hinein genießt. Manchen der Bienen begegne ich im Park vor der Wallstraße. Sie fliegen um mich herum, während ich die heiße Luft in mich einsauge. Der

Geräuschpegel der Stadt übertönt ihr Summen. Ein Wind kommt auf, und sie fliegen davon zu den Nahrungsquellen zwischen den Burgen und Villen, die wie die beiden Gefängnisse auch zu Bautzen gehören. Mein Lächeln fliegt ihnen hinterher wie ein leichter Flieger aus Papier.

Ich ahne, dass es nicht normal ist, dass Bienen im September ausschwärmen. Aber was ist schon normal in diesem warmen Herbst, in dem auch ich ausziehe, um nach der Vergangenheit zu suchen. Im Internet lese ich, dass es auch im September zu einem Bienenschwarm kommen kann, zum Beispiel wenn das Bienenvolk zu stark eingeengt ist oder wenn zu viel Honig abgeerntet wurde. Dann hauen sie einfach ab und schwärmen aus. Es ist klar, dass ich dabei wieder an meinen Vater denken muss, der auch abgehauen ist, nicht aus Hunger, sondern aus Mangel an Freiheit.

Sechs Monate nachdem ich einen Antrag zur Schicksalsklärung an die Gedenkstätte in Bautzen verschickt habe, sitzen wir nun vor dem Sachbearbeiter für Opferbetreuung. Von ihm erfahren wir, dass Wolfgangs Name nicht im Gefängnisbuch von Bautzen II steht, obwohl damals die offiziellen Briefe, die uns vorliegen, nach Bautzen II adressiert worden waren. Der Mitarbeiter schickt uns weiter nach Bautzen I, das etwa zwanzig Gehminuten entfernt liegt. *Das gibt's doch gar nicht. Wir sind im falschen Gefängnis,* murmelt mir meine Mutter mit spürbarer Entrüstung zu. Auf einmal höre ich nicht nur die Stimme meiner Mutter, sondern auch die meines Vaters: *Ihr arbeitet ja noch so wie vor fünfzig Jahren!* Das spreche ich nicht aus, entweder weil ich feige oder im besten Fall noch sprachloser als meine Mutter bin. Auf die Frage meiner Mutter, ob die Gedenkstätte an den Gedichten meines Vaters interessiert ist, schüttelt der Mitarbeiter den Kopf. Kein Wort mehr davon, dass er mir in der Einladungsmail geschrieben hat, dass das Angebot sehr gerne angenommen wird.

Vielleicht später einmal, wenn eine Ausstellung zu Ernst Thälmann geplant wird, höre ich ihn von seinem Schreibtisch aus sagen. Ich runzle die Stirn. Mein Vater saß doch gar nicht zur Zeit von Ernst Thälmann im Gefängnis, sondern viel später, als dessen Einzelzelle für hohe Gäste aus Ost-Berlin bereits zu einer Art Gedenkstätte geworden war. Ja, mein Vater muss auch an dieser Zelle vorbeigekommen sein. Das war aber auch das Einzige, was meinen Vater mit dem einstigen Vorsitzenden der Kommunistischen Partei Deutschlands, der von den Nazis umgebracht wurde, verbunden hat.

Bevor ich weiter darüber nachdenken kann, kneift mich meine Mutter. Wir sehen uns an, und wenn ich nicht wüsste, an welchem geschichtsträchtigen Ort wir gerade sitzen, würde sich das Ganze anfühlen wie beim Einwohnermeldeamt, wenn man gesagt bekommt, dass man wegen einer Datenpanne seinen Pass noch einmal beantragen muss.

Als wir gehen wollen, ist die Gittertüre, die die Verwaltung vom Gefängnis trennt, verschlossen. Ich rüttele mehrmals, mein Puls schlägt bis zum Hals. Der Kloß, den ich vorher schon im Hals hatte, wird immer größer. Schließlich gehen wir zurück und lassen uns vom Mitarbeiter der Gedenkstätte zu einem Seiteneingang hinaus geleiten. Zum Abschied schütteln wir ihm die Hand. Keine Entschuldigung, dass es fast sechs Monate gedauert hat, bis jemand ins Gefängnisbuch geguckt hat.

Draußen zwischen den Schleusentoren fühle ich mich aufgewühlt und seltsam ernüchtert. Auf einmal bin ich mir nicht mehr sicher, in welchem Jahrhundert ich gestern aus dem Zug gestiegen bin. Und doch sind wir ein bisschen wie die Hinterbliebenen einer Epoche, die sich mithilfe von Händeschütteln bestätigen, dass die Epoche zu Ende gegangen ist.

Zwanzig Minuten später stehen wir vor Bautzen I, dem »Gelben Elend«, auf dem sandigen Gehweg gegenüber. Hinter uns stehen im gleichen Gelbton angestrichene Häuser, in denen zu DDR-Zeiten die Mitarbeiter des Gefängnisses gewohnt haben.

Meine Mutter erkennt die Umrisse des Gefängnisses sofort wieder und erinnert sich an ein Foto, das Klaus meinem Vater vor einigen Jahrzehnten geschickt hat. Schon aus der Ferne wirkt der Gefängnisbau wie ein Monument, an dem der Blick haften bleibt. Wir schauen auf eine riesige Kapelle, die wie der Arm eines Riesenkraken mit dem eigentlichen Gefängnisbau verbunden ist. Schon damals überragte die Kapelle den Zellentrakt, die Gefängnismauer, die Schornsteine der Kohleheizung und die umliegenden Wohnhäuser. Der unscheinbare Gedenkstein für Ernst Thälmann, der seitlich am Rand der Gefängnismauer steht, kümmert als einziges irdisches Zeichen im absurden Größenverhältnis vor sich hin.

Ich spüre, dass die Bezeichnung »Gelbes Elend« mehr als zutreffend ist. Die schlechten sanitären Bedingungen blieben über Jahrzehnte hinweg bestimmend, und das Überleben unter Mördern und unter der Willkür der Wärter muss alles andere als einfach gewesen sein. Die überdimensionierte Kapelle vor dem eigentlichen Gefängnis droht wie das Tor zur Hölle. Leider kann ich meinen Vater nicht mehr fragen, was er gespürt hat, als er das erste Mal dort stand. Er musste sich unvorstellbar klein vorgekommen sein.

Zum ersten Mal verstehe ich, warum er nie mehr hierher wollte. Denn dann hätte er alles noch einmal durchlebt. Dieses unbeschreibliche Unglück, das wie eine Welle über ihn hereingebrochen war.

Die Dimensionen des Gefängnisses machen mich auch während des Rückwegs zur Gedenkstätte fassungslos und traurig. Es gibt dort keine Möglichkeit des Erinnerns. Bautzen I ist inzwischen eine ganz normale Justizvollzugsanstalt.

Am späten Nachmittag setze ich mich in eine der Zellen in der Gedenkstätte in Bautzen II, obwohl ich weiß, dass das die falsche Zelle ist. Ich überlege mir, wie es sich für die ehemaligen Häftlinge anfühlen muss, die nie mehr Gelegenheit haben, Bautzen I besuchen zu können. Denn die damaligen Zellen gibt es nicht mehr. Sie wurden nach der Wiedervereinigung verändert, um seitdem vierhundertzweiundsechzig Häftlinge des regulären Strafvollzugs aufzunehmen.

Und auch in der Ausstellung der Gedenkstätte hört die Geschichte von Bautzen I nach der Übernahme durch die Volkspolizei von der sowjetischen Militärregierung Anfang der Fünfzigerjahre auf. Wie ein dunkles Loch in der Geschichte, in das man hineinfällt und wo man erst im Heute wieder nach oben kommt.

Mit Augen wie Scheinwerfer sehe ich mich in der schwach beleuchteten Zelle um. Ein Ort, an dem Erinnerungen und Hautfetzen kleben bleiben. Ich versuche, die Mauern hinter dem Putz ausfindig zu machen und die Stimmen in den Ritzen. Denn jedes Gebäude konserviert die Erlebnisse und Geschichten, die genauso da sind wie alles Sichtbare.

Ich stolpere nicht, weil sich meine Augen allmählich an das Dämmerlicht anpassen. Erst jetzt bemerke ich, dass ich meinen Rucksack im Hotel vergessen habe. Ich möchte laut fluchen, denn in dem Rucksack sind alle meine Fragen. Fein säuberlich auf einen Notizzettel geschrieben und dann noch einmal als Sicherheitskopie auf meinem Handy. Die Fragen, die dort stehen, werden jedoch angesichts der Realität, auf die ich hier treffe, bedeutungslos. Es ist eine vollkommene Leere, die mich ausfüllt und die nicht wehtut. Die Stille ist unscheinbar. Fast unbemerkt zieht sie sich durch die Gänge und Zellen.

Die Zusammenhänge des Lebens können absurd sein, denke ich, und im nächsten Moment: *Wenn ich nicht meinen Schreibkram vergessen hätte, könnte ich mir jetzt endlose Notizen machen.* So bleiben mir nur die Quittung vom Honig aus dem Hotel und ein kleiner Bleistift, den ich mir vorsorglich in die Hosentasche gesteckt habe.

Als ich nach einer halben Stunde immer noch in der Zelle sitze, kommt meine Mutter und erkundigt sich besorgt, ob alles in Ordnung ist. Ich zögere, als sie fragt, ob sie die Tür offen lassen soll.

Besonders dankbar bin ich den ehemaligen Gefangenen, die zur Zeit der Wende, als die Zukunft der Gedenkstätte noch unsicher war, verhindert haben, dass der Gefängnistransporter zweckentfremdet wurde. Bevor wir das Gefängnis verlassen, setze ich mich zum wiederholten Mal in diesen Wagen. Ich komme mir vor wie ein Huhn beim Transport zur Schlachtbank. Zusammengekrümmt steige ich ein, gebückt sitze ich, und genauso steige ich auch wieder aus. Selbst ohne Handschellen ist das schwierig, da es keine richtige Stufe, sondern nur eine Metallstange gibt, auf der ich noch nicht einmal mit der Ferse Platz finde. Also springe ich hinunter mit der Erkenntnis, dass das Leid nur schwer nachvollziehbar ist. Als ich unsanft auf dem Boden lande, mehr sitzend als stehend, hilft mir meine Mutter auf. Sie sieht mich herausfordernd an: *Wo sind die Menschen geblieben, die anderen so etwas angetan haben?*

Auf dem Rückweg vom Gefängnis in Richtung Hotel machen wir einen Umweg zum Park am Amtsgericht. Dabei kommen wir an einer Schule vorbei, die direkt gegenüber dem ehemaligen Gefängnis liegt und die jetzt mit einem schönen Gelbanstrich der Sonne Konkurrenz macht. Zu DDR-Zeiten waren die Fenster im zweiten und dritten Stock mit Platten verblendet worden, damit niemand die Freigänger beobachten konnte. Im Park ziehe ich meine Schuhe aus und gehe barfuß. Ich denke daran, dass mein Vater mit Wolkenentzug bestraft wurde und es ein Wunder ist, dass ich hier bei fast strahlend blauem Himmel durch Bautzen spazieren gehen kann. Ich schubse mich voran und esse den Apfel, den es im Hotel am Empfang gab, herunter bis zu den Kernen. So hat es mein Vater immer gemacht, und so will ich es nun auch wieder tun.

Genau wie beim Frühstück im Hotel, wo ich mir vom Buffet ein gekochtes Ei hole und daran denke, wie ich meinen Vater früher imitiert habe. Da es in seiner Kindheit nur wenig Besteck gab, zerbrach er die Eierschale, indem er das Ei auf die Tischplatte schlug. Das mache ich heute Morgen auch wieder, und es ist mir egal, dass mich die anderen Gäste im Viersternehotel anstarren.

Während ich die Eierschale abpule und im Frühstückssaal umherschaue, wird mir einiges klar: Seit der Revolution im Jahr 1989 existiert das kollektive Gedächtnis der DDR nur noch in Museen, Gedenkstätten oder den Köpfen einzelner Menschen, aber nicht mehr in ihrem Alltag. Letztendlich ist es egal, wie viele Grenzsoldaten, Stasi-Mitarbeiter, Inoffizielle Mitarbeiter und Auskunfts-Personen es wirklich waren. Die Zeit verwischt vieles. Irgendwann bedauert man nichts, weil man sich nicht mehr daran erinnern will.

Ich wünsche mir, dass wir die Vergangenheit nicht wie eine Wunde, sondern wie eine Warnung mit uns herumtragen, die uns daran erinnert, was aus Menschen werden kann und dass so etwas immer wieder passieren kann. Dass auch wir, selbst wenn wir es inständig hoffen und daran arbeiten, nicht vor unserer tief sitzenden Unmenschlichkeit und Eitelkeit geschützt sind. Wir können die Unmenschlichkeit aber überwinden, so wie all die namenlosen DDR-Bürger, die auch nicht bei allem mitgemacht haben, obwohl sie wussten, dass das nur erste kleine Schritte sind.

Kann man die eigene Vergangenheit so lange schleifen und polieren, bis der kantigste Stein glatt und glänzend wird wie eine Perle? Ich glaube, es gibt keine Antwort.

Nachdem ich meine Schuhe wieder angezogen habe, setze ich mich mit meiner Mutter auf eine Bank in diesem kleinen Park und schreibe auf die Rückseite der Honigquittung. Ich weiß, ich schreibe gegen die Zeit und gegen das Vergessen. Ich schreibe gegen die Hässlichkeit der Willkür. Keine Wohlfühldichtung, sondern ein Nachspüren, auch Schmerz über etwas, das heute immer noch existiert: das Danebenstehen. Aber ich schreibe auch für die Menschen, die nach der DDR, nach der Stasi, nach der Vollbeschäftigung und nach der Ostalgie kommen.

Ich sehe in lachende Gesichter, auch in verschlossene. Ich sehe alte Menschen, die so wie wir auf einer Bank sitzen und den anderen zuschauen. Ich sehe ein junges Pärchen, das sich an den Händen hält. Und ich sehe auch die, die auf der Wiese herumlungern und anderen Unschönes hinterherrufen. Die ganze Vielfalt unserer Gesellschaft.

Auf einem Spielplatz hinter einer Baumgruppe sehe ich den Kindern zu, wie sie auf ein Klettergerüst steigen und mit lauten Schreien die Rutsche hinuntersausen. Meine Gedanken sausen mit, und ich schreibe, dass Geschichte aus individuellen Erzählungen besteht. Ganz wie ein Puzzle, in dem jedes einzelne Puzzleteil wichtig ist.

Auf einmal sehe ich nicht mehr die Kinder und Enkelkinder von Opfern, Mitläufern oder Spitzeln. Ich schließe alle in mein Herz.

Vielleicht ist es eine Versöhnung.
Vielleicht ist es nicht das Ende.
Vielleicht ist es ein Anfang.
Ich stehe mittendrin.

Als ich im Zug nach Hause auf meinem Handy weiterschreibe, bin ich nicht traurig. Vielleicht weil mich etwas trägt, das doch die Antwort auf die Frage ist, ob man einen kantigen Stein zu einer Perle polieren kann. Ich kannte sie wohl schon die ganze Zeit. Es ist eine Antwort, die uns herausfordert. Denn Geschichte ist wie ein Prisma, durch das wir von der Gegenwart in die Zukunft schauen können. *Man kann den Stein zwar schleifen, aber man muss ihn immer wieder neu polieren, damit er nicht an Glanz verliert.*

Ob wir aus der Geschichte gelernt haben, zeigt sich jeden, und ich meine damit wirklich jeden Tag.

DAS SPURENELEMENT

Es ist winzig klein, aber immer da.
Es ist einzigartig und unscheinbar.
Es versteckt sich in Ecken, Nischen,
Löchern und Kanten.
Es lebt im Boden, im Wasser, in der Luft,
aber nicht in Atlanten.

Auch wenn es ausgewaschen wird,
bleibt es immer bestehen.
Auch wenn es vergessen wird,
bleibt es immer am Leben.
Es taucht woanders wieder auf,
und keiner kommt darauf.
Nicht nur in anderen Sedimenten,
sondern auch in unseren Dokumenten.
Nicht nur an anderen Orten,
sondern auch in unseren Worten.
Kein Taucher oder Pilot kann es sehen.
Selbst im Mikroskop können wir es nicht erspähen.

Kein Mensch kann es anfassen oder hergeben.
Und doch brauchen wir es dringend zum Überleben.
Es macht sich nicht kleiner, wenn wir es übersehen.
Es wird nur größer, wenn wir es spüren.
Wenn wir es finden, tief in uns,
wo es eben auch ist,
und nicht nur im Boden, im Wasser oder in der Luft,
wo wir es vermuten
aber wo es nicht nach uns ruft.

In Wahrheit sind wir viel näher dran,
an unserem eigenen Sonnenaufgang.
Wenn wir es fühlen und danach handeln,
erkennen wir:
Es war schon immer da, aber es ist winzig klein.
Es ist das Spurenelement der Menschlichkeit.

NACHTRAG
UND DANKSAGUNG

Die Geschichte meines Vaters habe ich zusammengesetzt aus seinen Erinnerungen, seiner Stasiakte, seiner Gefängnisakte, den Erinnerungen meiner Mutter, meinen Erlebnissen, der Literaturrecherche und vielen Gesprächen mit Menschen, für die dieses Thema auch heute noch wichtig ist.

Die Geschichte meines Vaters ist wie ein Puzzle, in dem jedes einzelne Puzzleteil wichtig ist, aber in denen es auch Puzzleteile gibt, die verloren gegangen sind und die von mir neu erfunden wurden.

Das betrifft die Geschichte von Helga und Helmut in Hamburg, die Schilderungen über Helgas Vater, die Geschichte von Helgas Pioniertuch und wie es dazu kam, dass Helga die Rolltreppe hinuntergefallen war.

Von daher ist dieses Puzzle gleichzeitig eine Biografie *und* ein Roman. Es ist ein Bild, das ich gemalt habe, aber die wesentlichen Puzzleteile tragen die Farben meines Vaters.

Danken möchte ich den Menschen, die mir dabei geholfen haben, die Puzzleteile zu einem Bild zusammenzufügen:
Zuallererst meiner Mutter, die sich mit mir auf gemeinsame
Erinnerungsreise begeben hat.

Wolfgang Welsch, der mir wichtige Fragen über die damaligen Verhältnisse in Bautzen I beantwortet hat.

Meinhard Schmechel, der mir davon berichtet hat, wie der Wandel in Rüterberg vonstattenging.

Meiner Freundin Jenny, die mir von ihren Erlebnissen als Promoterin für den ADAC erzählt hat.

Meiner Freundin Barbara, die sich die Zeit genommen hat, die erste Version gegenzulesen.

Dem Team des Europa Verlages und dem Verleger Christian Strasser für sein Vertrauen und die Möglichkeit, mein Manuskript veröffentlichen zu können.

Und schließlich der Lektorin Silwen Randebrock, die meinem Text unendlich viel Respekt und Wertschätzung entgegengebracht hat.

LITERATUR

Funder, Anna: Stasiland. Fischer Verlag, 2013.

Garve, Roland: Unter Mördern – Gefängnisalltag in der DDR. Edition Berolina, 2014.

Grafe, Roman (Hrsg.): Die Schuld der Mitläufer: Anpassen oder Widerstehen in der DDR. Pantheon Verlag, 2009.

Knabe, Hubertus (Hrsg.): Die vergessenen Opfer der Mauer: Inhaftierte DDR-Flüchtlinge berichten. List Verlag, 2012.

Kempowski, Walter: Im Block. Knaus Verlag, 2004.

Krien, Daniela. Irgendwann werden wir uns alles erzählen. Ullstein Verlag, 2019.

Leo, Maxim: Haltet Euer Herz bereit. Heyne Verlag, 2011.

Rasenberger, Hans: Die Dorfrepublik. Aus der Geschichte des Elbgrenzdorfes Wendisch Wehningen-Broda, Rüterberg-Dorfrepublik 1967–1989. Selbstverlag, 1995.

Rodewill, Rengha: Bautzen II: Dokumentarische Erkundung in Fotos mit Zeitzeugenberichten. Vergangenheitsverlag, 2013.

Scheer, Regina: Machandel. Penguin Verlag, 2018.

Schneider, Rainer: 1989. Alles auf Anfang (Lebenswege 4). CreateSpace Independent Publishing Platform, 2016.

Stiftung Sächsische Gedenkstätten (Hrsg.): Bautzen II: Sonderhaftanstalt unter MfS-Kontrolle, 1956 bis 1989, Bericht und Dokumentation. Sandstein Verlag, 2007.

Stiftung Sächsische Gedenkstätten (Hrsg.): Stasi-Gefängnis Bautzen II, 1956–1989: Katalog zur Ausstellung. Sandstein Verlag, 2008.

Stiftung Sächsische Gedenkstätten (Hrsg.): Geschichte des Speziallagers Bautzen, 1945–1956: Katalog zur Ausstellung. Sandstein Verlag, 2004.

Welsch, Wolfgang. Ich war Staatsfeind Nr. 1: Als Fluchthelfer auf der Todesliste der Stasi. Piper Verlag, 2019.

GEO EPOCHE Nr. 64 – 12/13: Die DDR

Neues Deutschland – Organ des Zentralkomitees der Sozialistischen Einheitspartei Deutschlands: Ausgabe vom 05.05.1960

SPIEGEL Geschichte Nr. 3/26.05.2015: Die DDR Zeitschrift Neues
Leben, 4/1963.

www.flaggenkunde.de/veroeffentlichungen/10-13.htm (10 Jahre
Dorfrepublik Rüterberg von Andreas Herzfeld), aufgerufen am
29.09.2019.

www.deutschlandfunkkultur.de/rueterberg-in-mecklenburg-vor-
pommern-wie-sich-ein-dorf-an.1001.de.html?dram:article_
id=433387 (Wie sich ein Dorf an der Elbe neu erfinden will
von Alexa Hennings), aufgerufen am 29.09.2019.

http://griesegegend-online.de/grisegegend.htm (Zum Namen
Grise Gegend von Hans Heinrich Klatt, erschienen: »Land und
Leute«, 1959, Heft 3), aufgerufen am 29.09.2019.

www.kirche-alt-jabel.de/sagen-geschichten/vom-heidenstein-
beim-galgenberge-im-jabeler-forst.html (Vom Heidenstein
beim Galgenberge im Jabeler Forst, Textsammlung von Kantor
Burmeister, Alt Jabel), aufgerufen am 29.09.2019.

https://schwesternhaeuser.de/gluecksmobil/, aufgerufen am
23.09.2021.

Foto von Wolfgang, das 1964
nach seiner Flucht über die Elbe
im Fotogeschäft von Lübtheen
ausgestellt war